田辺聖子

夜あけのさよなら

清流出版

夜あけのさよなら

装花　木咲豊（明るい部屋）
カバー写真　野村正治
ブックデザイン　アルビレオ

三　夜あけのさよなら

1

目がさめたときは、まだ夜あけだった。

悪魔には悪魔のかなしみがあるように、夜明けには夜明けの影がある。

夜明け――って、希望的な、たのしいものばかりじゃないんだ。「夜明けの歌」はうそ。

この、夜明けに半醒《はんせい》になってるのが、いちばんいけない。

うつら、うつら、というやつ。

夜あけというのは、ふつう、いわれるように明るさの前提ではなくて、暗さの最後のあがきなのであって、わたしはいつもこの時間に自殺したくなっちゃうのである。

ちっとも、いいこと考えない。――今日は優《まさる》とデートの日だけれど、それだって考えるとうれしくはなく、気の滅入《めい》る材料になるだけである。気が重くって、ゆううつで、重荷になるのだ。優はわたしなんか、愛してないのである。知ってるのだ。

わたしが強引だから押し切られてるだけである。

いつだって、イヤイヤあう。そんな所が感じられる。ちゃんと知ってるんだ。わかってる。わかってるけど、やめられない。このつらさ。

彼は大学生である。――「大学生　おほかた貧し　雁《かり》帰る」というのは草田男《くさたお》の句だったかしら？　優は貧しい大学生である。そうして、いつも水のように薄情で、そのくせ気がやさしいから、わたしがキライだとも、はっきり言えないのである。

自分からはすすんで会ってくれないけれども、誘えばイヤだともいわない。どうなのか、そこんとこがじれったい。それで、わたしはゆううつになる。

こんな時間にそれを考えていると、どうしようもなく悪い方へ考えが傾く。死にたくなって――、そのくせ、ではやめますか、というと、イエイエ、とんでもない、そりゃァ、会いにゆく。ひと月にいっぺんだもの、けれどもその気持の中には弾み、というものがない。

あんまりうれしすぎて、期待の大きさに却《かえ》って自分自身おしつぶされ、心が重くなる、というようなものかもしれない。

それから、夜あけの重くるしさの中には、なにか、人間を本質的なものへ目を向けさせる、マジメなものがあるからかもしれない。わたしはこんなこととして生きてていいのか、こんな人間で、神サマ、許されるのでしょうか、という……。

あんまり考えてると、あたま禿《は》げるし、めんどくさくなったんで、わたしはねどこから起き出して服を着た。今日はちょっといい服、オレンジ色のドレスで、袖《そで》がふんわりして、衿《えり》がちょっと開きすぎぐらいのを着てゆくことにする。今夜のために。（気が進まないけど）

それでも、いつものように、妹のクミ子と洗面所で先を争ったり、あわただしい朝食をすませ、何かしら母の叱言《こごと》をきいたり、バスストップへ走ったりするあいだに、しだいにいつもの調子がでてきた。

やっと世間がバラ色にみえてきたんだ。いい上天気の冬の朝で、どの家の窓ガラスも霜がとけたようにキラキラしていた。人々は威勢よく電車につめこんでいたし、電車は次々とやってきた。それはもりもりと元気の出るような、朝のラッシュの光景であった。やっぱり、こうこなくっちゃ。人間、あんまり本心に立ちかえってマジメになると、非常にやりにくい。適当にスイッチを切ったり入れたりすることも大切だ。適当に気楽にしよう。

会社は心斎橋《しんさいばし》よりの、本町《ほんまち》のビルである。

四階の庶務課が、わたしの職場である。万博からこっち、地下鉄が千里ニュータウンへはいってきたので、たいへん早くなって、便利である。千里ニュータウンのわたしの家から、四十分ぐらいで会社へ来られるようになった。

似たような短大を出ておんなじときに入社した同僚のミイ子こと、金谷《かなや》美知子はもう来ていた。

二人で湯沸し室でしばしおしゃべり、美知子は一万円のペンダントを買うんだといっている。もう半年、いいつづけてるのである。こんどの給料もらったら、絶対、買うという。でもこの間の暮のボーナスにも、彼女はとうとう、買わなかった。

「あれはやね、コートを買うほうが緊急やったからですよ」

と、いつも何か、理屈がつく。そのペンダントは銀の手細工であって、べつに宝石入りでも何でもないが、独特のもので、世界に二つとない、へんてこな、すばらしいものだそうだ。

「ねえ、今日、それ見にいかへん？　帰りに……心斎橋筋ちょっと入ったトコよ」

美知子がいったが、わたしは、

「ダメよ、今日は……」

といううちに、顔がニヤニヤとほころびてきた。美知子はわたしをどやしつけた。

「ワー、いやらしやつ。思い出し笑いなんかして」

夕方になると、本当に嬉《うれ》しさがたかまった。

国鉄を使って京都へいく。私鉄より、国鉄の駅へおりた方が、まるで遠い国から優にあうために、はるばる旅をしてきたようで、改まった気持になるから、好きなのである。「きょうとー、きょうとー」という構内アナウンスも好き。

優の姿は改札口にみえなかった。

わたしは彼のために、いそいで煙草《たばこ》を買い、また、あわただしい足取りで改札口のほうへ引っ返す途中、人波をかきわけるようにして、優の走ってくるのにぶつかった。

「何や、改札口やいうさかい、中央で待ってたのに……」

彼はちょっと怒っていた。

優は今日は新しいスーツに、きいろいポロシャツを着ていた。あかるい紺のスーツは、わたしの見たことのないものだった。お兄さんのを借りてきたのかしらん。手に本を一冊持っているだけ。いつみても本を持っている。

「早《はよ》ういこ。スピーカアで呼び出してんで。僕《ぼく》、三十分、もう待った」

と唇《くちびる》をとがらせていた。タクシーのそばへいきながら、

「僕、今日はゆっくり出来《でけ》へんねん」

というので、わたしはだまっていたけど、内心がっかりした。

「兄貴が入院しよってなあ。親爺《おやじ》とお袋は店のほうへいってるし……いよいよ、もう、僕とこの店、あかんらしいわ。つぶれるよ」

ほんとにゆううつな話だった。

だんだん、町のそとに灯《ひ》はきらめきはじめていた。タクシーはその中を突切った。

「つぶれるって……マアちゃんのおうちの商売が破産するってわけ?」

「破産、いうほどまともな店ではないけどな。――しかしそうなると、僕も自分で自分のことせんならんし……」

「どうにかなるわよ」

「どうにかって、そんなのんきなもんとちがうよ。こないしてても、ほんとは僕、気が気やないねんで。君なんかとちがう」

「知らんやないの、わたしに八ツ当りしたかて……」

わたしは優のひざを押しやるしぐさをして、

「あんまり、そばへ寄らんといてちょうだい……ユーウツが伝染《うつ》るさかい」

「伝染したる」

優はいやそうな顔をして、タクシーの窓の外をみていた。京都で泊ろう、といつか優はいったことがあったので、わたしはとてもうれしかったんだけど、優ときたら、人の気持に水をぶっかけるのが趣味みたいである。

優がちょっと大学で用がある、というので、タクシーを大学の手前でとめた。

京都は学生の町である。これだけたくさんの学生さんを、大阪では見ることができない。

そうして、町の人々は、学生にいかにも親切である。それは伝統的なもので、そんな感じも、大阪育ちのわたしにはめずらしい。

優はさっさと、タクシーを下りて大学の正門を入ってゆく。わたしはタクシー代を払った。

わたしは大阪で誰《だれ》かにあったりするとまずいので、優とのデートのときは、いつも彼の下宿のある京都までくるのだった。大阪より木々の緑が濃く、お寺や神社の多いこの町の古い雰囲気《ふんいき》は、わたしの恋心を美しく染めてくれる気がする。わたしは見なれない、ちまちました、手工芸的な美しいこの町で、優にあうのが、いちばん好きなのだった。

優は玄関ホールへ入って、そこの掲示板から何かを手帖《てちょう》にうつした。わたしは芝生と赤レンガの道を歩きまわり、皮の半コートのポケットに手をつっこんで、建物に貼《は》られたビラを読みながら待っていた。ここも、いつかバリスト（キャンパスの封鎖）があったのである。大学創設者の銅像は全身、くまなくビラで掩《おお》われていた。

「いこ」

と優は出て来た。

男くさい、殺風景な校舎を背に、優はたいへん美しく見えた。ほかにもうろうろしている学生はいっぱいいたけど、ロクな男はいなかった。みんな卑《いや》しげな、心変りしやすそうな、あるいは馬鈴薯《じゃがいも》をつぶしたような男にみえた。

そこから近くの店へいって、腹ごしらえをしようと優は歩き出した。優のゆううつそうな、やさしい、心配ごとの多そうな、何か弱みをかくしてるような表情は、ことさらわたしには好もしいものであった。

優はズボンのポケットを探っている。わたしはさっき買った煙草を、すかさず出した。当然のように優はそれをとりあげて、一本抜きながら、話はあいかわらず、ゆううつなことで、

「家もなくなるんや。抵当でとられて」

「ふーん。でもマアちゃんがさ、一人でうろうろして動きまわったってしょうないでしょ」

「うん。けど、あっちをたたんで、こっちへくるっていうから、借家をさがしてるねんけど、オドロキ、たかいねえ、敷金なんて無茶にたかい……」

優はつまらなさそうに煙を吐いた。

「そやさかい、武士の商法はやめとけ、いうてんけどなァ」

優の父親は会社を停年で退職してから、滋賀県の田舎町で文房具店をひらいたが、三年ほどで失敗したのだそうである。

「早うつぶせ、つぶせ、いうてんのに……借金こしらえてつぶすなんて」

優は気を腐らせることが多いので、浮かぬ顔をしている。すこし顔色は悪いが、すべすべした、綺麗《きれい》な頬《ほお》で、うつむくとしっとりした情趣が目の下からあごへかけて刷《は》かれるようだ。屈託した顔ながら、わたしはそこがよいと思って好きでたまらない。

優はタクシーをまたとめて、四条河原町まで、といった。

学生たちがよくいく店で、わたしも優につれられて、二、三度来たことがある。ちょっと想像できないような、やかましい、騒がしい店だった。「赤ふん」という店である。土間はもう一杯だったので、小さい間《ま》へ上って、日本酒と串《くし》カツを優は注文した。

「おい、北村ァ……何じゃ、お前」

なんて、優の肩をどやしていく学生があった。何かの会合があったのを忘れていたらしい。ちょっと、というように優はわたしに手をふって二階へ上っていった。わたしはテーブルに肘《ひじ》をついて待っていた。

となりの席は、男一人が飲んでいた。彼はちらちら、こっちを見た。二十五、六ぐらいのサラリーマンふうの男だった。三回目ぐらいに視線があったら、ニタッと笑って、あつかましいこと、おびただしい。

優が二階から降りてきたが、青ざめて「しんどそう」だった。

女の子が注文したお酒をはこんできた。プリプリふくれたような、ぶあいそな女の子だ。

「きたないぞ。ちゃんと拭《ふ》け！」

優は食卓の上を指さして女の子にいった。女の子は汚れた膳《ぜん》ぶきんでのろのろ拭き、優をにらみつけて、品物をおくと、向うへ尻をふりたてていった。わたしはお酒をついで、

「オオ怖《こわ》……。マアちゃん、ごきげんわるいのねえ……」

「かんにん。僕、今日はどうにも気が重うてやりきれへん……」

「まあ、お飲みよ。飲んだら、忘れるよ」

優は若いくせに日本酒が好きである。

「いや、早く帰る。今日は腰をおちつけてられへん……」

そう言いながら、優は腰をあげるようすもないのであった。わたしは飲んだときの「マアちゃん」のほうが、やさしいから好きだ。

女の子がまた、来た。串カツの皿を持って。

「爪はきれいか？」

と、優はまた、つっかかるように女の子にいった。女の子は返事もしなかった。投げ出すように置いていった。彼女はみんなから、サッちゃんと呼ばれていた。小太りの陰気な顔をした十七、八の子で、髪は白いきれで包んでいた。優はまだ、「タマには風呂へ入れよ」なんて、いっている。それでやっとわたしにも、それが彼の親愛の表現だとわかったのだった。サッちゃんにワルクチをいうときだけ、優はやけくそみたいに、元気のいい声

を出していた。

2

わたしはその日、オレンジ色の服を着ていたのは前にいったとおり。でも優はいっこうに、似合うとも可愛《かわい》いともへちまともいってくれないのだ。オレンジ色の服は、わたしの白い肌《はだ》とちょっと栗色《くりいろ》がかった髪によく合う、ってみんないうのに。

自分のことをほめてくれない男の前に坐《すわ》ってるのは、間がぬけて落ちつきわるいもんだ。

そのくせ優は、顔見知りのだれかれに、ちょっと挨拶《あいさつ》している。あんな奴《やつ》ら、どうだっていいではないか。こっちはせっかく大阪から出て来たっていうのに。

どうもわたしと優の関係は、わたしが気張っているから保《も》っているものの、もしわたしが手を引いたら、さらさらと水に流されて、あとかたもなくなってしまう気がする。

それは自分ではみとめたくないけど、ため息の出そうな、辛《つら》い、さびしい感じである。ほかの男の子、たとえばウチの課の独身の青年、貝原宏《かいはらひろし》や、笠井《かさい》くんや、清瀬《きよせ》くん、などといった男の子の前だと、わたしはいつものびのびとモノがいえるのに、ふしぎや、優に向ったときだけ、ヘナヘナと心がくじけてしまう。

だんだんに語尾がかすれて、自信のない、ひるんだ心持になってゆく。

では優が、こわい男の子かというと、そうではなく、わたしと同いどしの、おとなしい、哀れっぽい、会えば泣きごとをならべて陰気くさい、しかもわたしの金を使って酒を飲むことばかり考えてる、冴《さ》えない大学生なのだ。もっとも綺麗な顔をしているけれども、それだって、いつもゆううつそうにしてるせいか、パッと目立つ美しさではない。

しかし、そういう男の子である優が、わたしにはこわいのである。彼の顔色を見たり、気がねしたり、彼といっしょに破産した家のことが心配になったり……。彼のきげんがいいとわたしも嬉《うれ》しくなり、きげんがわるいとこっちもげんなりしてしまう、どんなことでもしてやりたいような、見すてられないような、（チェッ、男のくせにウジウジすんな！）と舌打ちしながらでも、何《な》ンか、彼のために力になってやりたいような、元気づけたいような……そういう、モロモロの、複雑な心境がいっぺんに押しよせてきて、わたしは優の前でだと、いつもみたいに、

「ワハハハ」

と笑ったり、口ぐせの、

「あほ」

「ばか」

などが口軽に出てこないのだ。

こういうの、精神衛生にわるいなァ、とつくづく思う。こっちが惚《ほ》れてしまっちゃ、美しくなるどころか、だんだん、ぶさいくになり、モタモタし、陰々滅々、たすからない。

「マアちゃん、出ない?」

わたしは皮コートをとって、勢いよくたちあがった。優ときたら、ほっといたら朝まで飲んでるから。

わたしは勘定を払った。さっきの、サッちゃんという給仕の女の子が伝票をもってきた。

「オイ、水虫は癒《なお》ったか?」

なんて、まだ優は、その子をからかっている。

その子はあいかわらずにらむような眼で優を一べつして、ひとこともいわず、口をとがらしたまま、わたしに釣銭《つりせん》をわたした。ちょっと珍しいほど、ぶあいそうな、子である。

「ありがとうございましたァ」

と店の奥から言ったのも、ほかの女の子や、おかみさんや、板前のおやじさんだった。

四条河原町へ向って歩きながら、わたしは、

「かわってんのね、あの子」

といった。

「だれ。サッちゃんか?」

優はすぐ、いった。

「施設そだちなんだって。赤ん坊のとき、ゴミ箱のフタの上に捨てられてたんやて」

「わァ、ユニークな経歴やね」

「荒涼たるもんやで。ゴミ箱なんて」

「ゴミの沙漠《さばく》か」

「バカ」

優とあるく河原町の雑踏と灯の海はわたしには楽しかった。

木屋町《きやまち》へ折れて、高瀬川のそばをずっと歩いた。ここは料理屋や、スタンド割烹《かっぽう》というような、小粋《こいき》な、小店も多くて、表通りのけばけばしさがなく、幅の狭いエレガントな高瀬川の川ぞいに柳が植わっている。ほの暗い道で、つめたい夜風に吹かれながらゆくこの通りは、おちついていて、わたしは好きだった。

お酒がはいった優は、親しみやすくてやさしくてよかった。

さっきの、ゆううつが、少しは吹きとんだらしくて明るい顔をしているのもよかった。

「あ、もうこんな時間ね」

とわたしが時計をみていったら、いつもはもうおそいよ、とふんべつくさくいう優なのに、にやっとして、

「まだ早い」

なんて、きれいな、ながし眼でいう。

「うん、でも京都はねえ、やっぱし遠い気がすんの、大阪ほどおちついて遊んでられへんわ、時間が気になって――」

「泊ればいいじゃん、レイ子」

「あほ」

とわたしは優の腕をつねった。

もう一年ほど、こんなことばっかり、いって遊んでいる。会えば食べたり飲んだりして、水のようにはかなく、あわあわしく別れてゆく。泊れよ、と彼がいわないときは、わたしが泊ろうか、という。二人で、火のついたボールを投げあうみたいに、そんなことをいって楽しんでいるだけだ。といって、二人とも、ウソやお世辞でいってるんじゃなく、まったく根拠がないのじゃない。でも、そうかといって、ちょっと本気に片方がなると、片方がヤケドしたみたいに、ぱっととびのく。両方、ええい！　ヤケドするンなら、全身大ヤケドしちゃえ！　という気にならない。なってるのかもしれないが、双方、タイミングがあわないと、スカタンになる。

わたしはつくづく思う。

「ある愛の詩《うた》」なんて映画、あったけど、ウソやわねぇ――あれ。

両方、大ヤケド覚悟で、両方からパッととびついて燃え出すなんてこと、現実ではあんまり、ないよ。

片っ方が燃え出すと、片っ方が水かける。

片っ方が素手で火をつかんでもかまわない、と決心してるのに、片っ方がそれをふんべつくさく、たしなめたりする。あるいは、先に言い出したら、言い出しべェになって諸事、決着つけたり責任とったりせねばならぬ、というチエが働く。で、やめる——双方、間がわるくてれくさく、（ヤアヤア、どうも……じゃ、また）なんて、手をあげてサヨナラして、一巻のおわり。

どうもそういう男と女の間がらが、現代では多いようであるよ。それが現代の「ある愛の詩」だ。

わたしと優は、町の小さなコーラスグループで知りあったのだ。会社のちかくに、小さい幼稚園があって、近くのひとで歌うことの好きな仲間が、夕方集まってコーラスをしていた。貼紙《はりがみ》をみて、わたしも加えてもらった。

優はそのころ、幼稚園のとなりの会社にアルバイトで働きに来ていて、たまにのぞいていたが、やがてその幼稚園は閉鎖したので、コーラスグループも解散した。

大阪の町なかは、みんなビル街になって、住民が市外の地域へ追われてしまい、幼稚園へはいるような、小っちゃな子供は住まなくなってしまったのだった。

桃色に塗った小さな可愛い椅子《いす》、「おゆうぎしつ」のバラの壁紙、熊《くま》サンがラッパを吹いてる絵のかかれた黒板、いまでもわたしはおぼえている。そこで、わたしたちは「スワニー・リバー」や「花」や「青きドナウ」のコーラスをした。数カ月だったけど、近くの会社に勤めるサラリーマンや女の子がいろいろ来ていて、とてもたのしかった。

優がわたしの横に来たことがあった。彼は顔に似合わない、いいバリトンだった。わたしはソプラノで、わたしがうたっているとき、彼は耳をおさえるしぐさをしてみせたりして、横にいる男と笑っていた。でも、わたしは、いやな気はしなかった。

夏、妹のクミ子と京都へ大文字を見にいった晩、京都駅で偶然、優と会った。彼はたいへん痩《や》せて日に焼けていた。痩せてるせいか、目が鋭くみえた。デパートの配達のアルバイトをしているのだという。三人でクリームコーラを飲みながら、京都の話を聞いた。優はわりによく地理を知っていて、案内所にあるほどのお寺や遺蹟《いせき》はたいがい行っていたから、いつかまたつれていってもらうつもりで、日照町《ひでりちょう》の彼の下宿のアドレスを聞いたりした。

別れてからクミ子が、

「へんな、こわい目つきしてた。気むずかしそうな子ね、姉ちゃん、あんなのええの?」

というから、

「あれは痩せてるからよ、前はもっときれいで、マシな感じ」

などと、弁護してたのは、優をよく思いたい気が、わたしにあるからだったろうか。

洛北《らくほく》の円通寺だの、詩仙堂《しせんどう》だのを、優に案内してもらった。秋の頃《ころ》だった。

何度も、会った。ふたりだけで。

会えば、ふたりともちっとも、いやじゃなく、あちこち歩くのが楽しくて、帰りはいつも四条河原町か、三条京阪《けいはん》のちかくで、ご飯たべたり、飲んだりして話がはずむ。握手をして別れたりするけれども、それ以上にはならない。でも嫌いというのではむろんなくて、

「泊れよ、レイ子」

なんて、優が冗談めかしていうと、

「イヤ」

とわたしはいうだけ。そういいながら、わたしが、爪《つめ》をかみながら、カウンターに肘《ひじ》をつき、

「泊ろかな?」

というと、優は今日はかえり、とわたしにいう、そしてわたしたちは木屋町の通りを、指をからませ、足がもつれるほど近々と身を寄せ合って歩いているのである。大きな、物足らなさと、深いうれしさみたいなものが半々にあって、それが、いつも、優と別れたあと、もういちど、もういちど、と、アトを引く気持にわたしをさせて、煮え切らず、しぶとく、ほそぼそと、きれぎれと、デートをつづかせるのかもしれなかった。

「ヒャー、しんきくさ！」

と友達の金谷美知子はいう。しんきくさい、という大阪弁は、じれったい、めんどうな、いらだたしい、もどかしい、心がくさくさする、というような意味である。

「ようそんな、しんきくさい関係、つづけてるわねえ……もう、やめてしまい」

わたしは、おひるやすみに、美知子にすこし優のことをうちあけたのである。

前々からも言ったことはあるけど、それはどっちかというと優のこと自慢してみせびらかすみたいな感じだったし、美知子もそのつもりでひやかしていたのだ。わたしは、ほんとのことを言わずにいたのだった。

美知子ははじめて実際のことを知って呆《あき》れてるのである。

「あたしやったら、そんなん、ほかしてしまう。気ィ短いさかい、そんな、ウジウジした男、かなわんわ」

「うん、そら、わたしかて気ィ短いよ、けど……」

「そんなん、ウダウダいうてる間に、年いってしまうよ。そんなら貝原くん、どうすんの、あたし取ってもええ？」

「貝原宏かァ……そら、困るよね」

「欲が深いよ、両みちかけるなんて」

「何さ、おミチかて、貝原くんと笠井くんと両方に張ってるくせに」

とわたしがいうと、美知子はイヒヒヒ……と、笑った。

風がなくて暖かい冬晴れなので、みんな屋上の日だまりへ出て、ぶらぶらしているおひる休みだった。

ウチの課の古参ＯＬである、おふじさんこと、今宮富士子《いまみやふじこ》が、この頃手相に凝ってるので、通りすがりの課の人がみんな呼びとめられて、本と首っぴきで検閲されている。

貝原宏が何かいわれたらしくて、首をかいていた。

宏はとくにハンサムというのではないが、眼がくりくりして眉《まゆ》のあかるい、快活な感じの、好青年である。松屋町（大阪ではマッチャマチ、とよむ）の菓子問屋の三男坊で、のんびり育った、お人よしの所があるせいか、みんなに好かれている。

わたしは、貝原宏に、最初から目をつけていた。課の女の子は、みんな宏に熱をあげていて、それぞれ陰では虚々実々のかけひきをしているらしいけど、宏はすずしい顔で、誰《だれ》をも一様にあしらっている。

話をしてて、ちっともイヤみじゃなく、しっくりするし、わたしは優のことは優でべつとして、宏もいいな、と内心思ってるのだ。好きだの、愛するだのと別に、あんなパリッとした男はいかにも世間に大いばりで出せる亭主《ていしゅ》のような感じで、もし宏をほかの女の子に取られたら、わたしはさぞカッカとくるであろう。現代では、人に取られたくないという独占欲が、愛のかたちみたいなものだ。

「庄田《しょうだ》さん」と、宏が向うから私を呼んだ。

3

わたしが寄っていくと、貝原宏はやっと、おふじさんから解放されるのをよろこんだように、

「こんどは庄田さんの番」

といって、わたしの手を指した。

「どれどれ」

とおふじさんこと、今宮富士子女史が、獲物《えもの》をみつけたようにランランと眼を輝かし、舌なめずりせんばかりに、わたしのほうへ向きを変えた。

イヤだなあ。

わたしはほんというと、おふじさん、怖いのだ。美人で仕事ができて、男を男とも思わず、ヨソの課の課長でさえ、おふじさんを怖がっていて、それにこれはずうっと前にもいっぺん手相を見てもらったことがあるけど、満座の中で「あんた、婦人病わずらう、と出てるわよ……えーっと、この線は子宮後屈なんじゃないかな、だってほら、わたしなんかの線はまっすぐなのに、庄田ちゃんのは曲ってるじゃない」なんて、人ぎきのわるい、ロ

クなことといわないから、イヤになるのだ。

それで、

「手相？　わたしもうけっこう……」

といったら、おふじさんが、まあまあ、なんて強引にいう。まわりの男の子や女の子はニヤニヤしてるし、わたしが手をうしろに廻《まわ》して、いやッ、なんていってると、

「何を揉《も》めてる」

と、課長の雪村《ゆきむら》さんが煙草《たばこ》を消して近よってきた。

雪村さんを、わたしは嫌いではない。長身でいつも疲れたような顔をしていて、穏やかで感じがいい。いっぺん結婚したけど別れたとかで、目下独身中。気が多すぎると美知子はいうけど、美知子もおふじさんも、それからタイプの杉本《すぎもと》まり子も、それから……ともかく課のみんな、雪村課長にはいかれている。

雪村さんにはふしぎな雰囲気《ふんいき》がある。貝原宏や笠井くんや清瀬くんにない、おちついた感じがありながら、ほかの同年輩、三十五、六から四十くらいのよその課長や次長みたいな、オトナの男の所帯やつれふうな、じじむさいところがない。ふしぎな陰影があって、若くもじじむさくもない、中間の魅力というか、ミステリーじみた魅力がある。それもこれも、みんな、こっちが勝手に想像してそういっているのかもしれないけど、でも、美知子もまり子もみんな好きだ、といっている。おふじさんは、

「ウチの課長はダメよ、ファイトがないから、まあ二流コースね」

などとけなすが、そういいながらきらいじゃないらしいのは女のカンで、わたしにわかるのである。

貝原宏も、笠井くんも、若い独身の男の子はそれぞれにみんな魅力があるけど、雪村さんは全然別の魅力だ。

このひとは、わたしの知らないことをうんと知っており、知らない世界も見てるのだ、というような尊敬のまなざしをこめた魅力だ。

わたしはどんな姿の雪村さんも好きだ。電話をとりあげる彼、伝票に判を押してる彼、お客さんにあいさつしてる彼、温度があがって暑くなったとき、「すこし暑いね」などとそばの誰かれにいいながら上衣《うわぎ》をぬいでる彼、どれも好き。

その雪村さんがそばへ寄ってきたので、雪村さんの前でつまらないことといわれちゃ大変だと思って、わたしは顔が赤くなった。

「女の子は好きだねえ、手相なんて」

と雪村さんは、おふじさんの持っている手相の本を見て笑った。そして、

「僕が見てやろうか」

とひょいと、いちばんそばにいたわたしの手をとったので、わたしはカッカとのぼせた。

「この手のもち主は激情家だけれど、それを外に出さない」

「イヤ、そうですか?」

あたってるかも。

「それから……サイエンスに欠けてる」

「ホント。わたしってすごく数学、科学に弱いんです。わかりますか?」

「いや、手相なんか信じてるからさ」

と雪村さんが手を離したので、みんな吹き出した。

五時、ロッカーの前でユニホームをぬいでるとき、とんでもないこと聞いちゃった。

「ねえ、ちょっとォ、知ってる? 笠井くんが営業の中村さんと婚約したんやて」

とまり子がご注進にきたのだ。みんな、ウッ! という顔でつっ立った。

中村たみ子はおとなしくて少々間ぬけたところのある退屈な子で、高校を中退してすぐ会社へはいった子である。前に、ウチの課にいて、半年ばかり前、営業へかわったのだ。美人でもないし、家が裕福というのでも、会社の偉い人にコネがあるというのでもない、要するに平凡で地味な、個性のない子である。

しばらくだまってて、おふじさんが、

「それ、ホーント?」

と、のどに何かつまったみたいな声で聞いた。おふじさんは、誰かが自分より何かを早く知ったら、すごくご機嫌がわるいのだ。しかしまり子はおしゃべりだから、一刻も早くニュースを発表したくてたまらず、そこまで配慮するゆとりがなかったらしい。

「へえ、あの顔でねえ、いつのまに」

とおふじさんはつづけて毒々しくいった。しかしそれはみんなが思ってることだから、ことさらおふじさんを悪くいうには当るまい。

大体、ウチの課の独身社員は、めぼしいところをいうと、貝原くんと笠井くんと、清瀬くんであるが、貝原くんは、ただもう気のいい、どこもかしこも丸々したお人よしであり、笠井くんはマジメ一方の堅物、清瀬くんはオシャレで多少軽薄で、遊びずきの、いつも面白いことをいっている青年だ。わたしは貝原宏のつぎは笠井くんを第二候補にしていたのだ。

そうかァ。笠井くんは売れたか。

美知子も同じことを考えていたとみえ、

「三ヒク一やねえ……」

なんて深刻な声でいう。

「しかし、どこがいいかな、あんな平凡な、たみ子なんて」

とまり子がいい、みんなロッカーの前で帰るのも忘れて昂奮《こうふん》していた。

そういえば、このあいだから笠井くんは気のせいか、元気いっぱいだった気がする。おしゃべりでもなくぐうたらでもないマジメ人間の笠井くんは、朝出あっても、お早う、と重々しくヒトコト、あいさつをするだけだったのに、昨日の朝だってわたしとビルの入口であうと「オハヨッ」なんて叫び、エレベーターにも乗らず、あり余る元気をいかにせん、という感じで二段とびに階段をあがっていった。わたしはまさか、彼に、そんなおめでたがあったなんて知らないから、いったい何をたべて、朝からあんなに元気なんだろう、とぼんやり思っていたのだ、ああ、うかつ。

あとから思えば、思いあたることはいくらもある。いつのまに……とおふじさんはいったけど、もうずっとせんに、どんなタイプの女の子が好きか、ということを言い合っていて、笠井くんは、

「女らしくて、しとやかなのが……」

といった。

「クラシックねえ、まあ、そんな人はいませんねえ、この会社じゃ」

美知子がいうと笠井くんは顔を赤くし、

「いやそれは、燈台《とうだい》もと暗しかもしれない」

といった。で、みんな自分のことを言われたのかと、一瞬にこにこしたものだ。すると彼は、「まあ、中村さんみたいなのが……」といったので、みんなまさか本意と思わず、ヤーイ、と囃《はや》したのだった。

わたしはそのとき、何かガックリきた。これがふしぎだというのだ。わたしには北村優という、考えただけで胸のドキドキする恋人がおり、好きな、という点では貝原宏という青年もいる。そのくせ、なぜかそのとき、ガックリきたのだ。

そうまで間口をひろげなくてもいいではないか、とわれながら思うのに、彼が、たみ子をえらんだというだけで、何か裏切られたような、うらをかかれた思いがある。といってわたしは笠井くんを愛してたわけでもなく彼もわたしに何か希望をもたせるようなことをいったわけじゃない。彼はスベリドメ用の男にすぎないのに。わたしは初めて、向うの男もイキモノで、勝手にうごくことができ、婚約しようと結婚しようと彼の都合しだいで、わたしは何の文句をいう権利もないのだと気付いて愕然《がくぜん》とした。アアソウデスカ、オメデトウ、としかいえない立場の人間なのだ。あなたを第二、第三候補にしてたのに、と怨《うら》んだとて、笠井くんに何の責任がもてよう、目をパチクリするだけではないか。

ああしかし、一人売れた、ということは何と残った者の気をめいらせるものであろう。他《ほか》はオールアウッ、十ぱひとからげにされてしまい、選から洩《も》れたわれわれは、栄《は》えの入賞者を拍手で祝福してる、冴《さ》えない、もっさりした存在になってしまったのだ。べつにどうでも笠井くんと結婚したい、なんて思っていないわたしなのに、この、ガックリきた気持はどう表現すればよかろう?

あくる日、湯沸し室でお化粧をなおしている昼休み、中村たみ子にあう。ちょうどみん

ないたので、

「おめでとう、中村さん」

なんてすぐ、まり子がからかっていた。

中村たみ子はいつも変りばえしない服を着て、いつ見ても胸の同じ場所に、百円ぐらいの造花かブローチを飾っている。センスがない。笑うと口のすみにシワができる。

「笠井さんと、でしょ。おめでとう」

「ありがとう」

とたみ子は平然といい、にこにこした。

そういうところ、どこか、変っている。たとえばこれが、まり子や美知子だと、スマートにわざと打ち消してみせたり、みんなに責められてしぶしぶ、という様子で婚約を白状するであろう。ところがたみ子は一切、そういう女のルールを無視してる。

「お式はいつ? 笠井さんていい人やからきっとええ旦那《だんな》さんになるわよ」

「ええ、あたしもそう思うてます」

とたみ子はうれしげに顔がほころびっぱなしである。ツラの皮の厚さ底しれずっていうのか、よっぽど無邪気なのか、ここは後者であろうが、何となくみんな、毒気に中《あ》てられたようにシーンとしてしまった。

「ほんと、笠井さんはさすがに目が高いっていうてるねん……さぞ熱心にプロポーズしたんでしょ？　うらやましい」

まり子はまつげの長いのが自慢なので、まつげカール器でカールしながらいった。昨日とはてのひら返すようにいうところ、これも相当くらえないワルモノである。

「はあ、いっぺんはあたしもお断わりしたんですよ、笠井さんがあんまり立派な人で勿体《もったい》のうて」

たみ子は誰に対しても、ていねいな言葉づかいをする子である。そうしていやにおちつき払った手つきで、茶かすを捨てている。そういうところがつつましくて女らしい、と笠井くんのいう所以《ゆえん》かもしれないが、ナニ、わたしから見ると、要するにスローモーでグズなんだ。

「でも熱心にいうてくださるし、みんなにもすすめられたし……でもほんというと、まだ夢みたいなんです。いまに笠井さん、あたしみたいな者に幻滅しはるのんとちがうかしら、思うたり……」

たみ子はすこし間のびした調子でゆるゆると言いながら、顔はよだれのたれそうなニコニコ顔。もうつきあいきれず、さすがのまり子も、もてあました風で咳払《せきばら》いし、

「おおきに。ごちそうさま」

といった。

悪気のある子じゃないことはわかっているのだが、

「やっぱり、ちょっと変ってんの、ちがう？　不可解よね」

と部屋を出てから、美知子が、人さし指であたまを指してみせた。

「その変ったところが、笠井くんにはよかったのかもね」

夜、家へ帰ってから妹のクミ子とさきに牡蠣鍋《かきなべ》をつつく。母は父の帰りを待ってから食べるという。親爺なんか、ほっとけばいいのにさ。お袋は空腹になるとヒステリーになり、親爺の帰りがおそくなるとそれにつれてヒステリー度が刻一刻たかまっていくのだ。わたしなら待ったりしない。さきに食べてニコニコして帰りを迎える。親爺もそうしてくれといっているのだ。それをしないで、お袋は怒って帰りを迎えるのだ。世には不可解なことがいっぱいある。

わたしは牡蠣と白葱《しろねぎ》とみつば、焼どうふを適当に入れて味噌《みそ》のどてを崩しはじめた。いい匂《にお》いが立ち、猛烈な食欲を感じた。食べるしかたのしみがない。前途はまっくら。

「そう食べないでよ、こっちまで釣られるから」

とクミ子がいった。しかし二人で鍋の汁まで平らげると、腹の皮もはり裂けそうな気がした。

クミ子と二人、手をあげておごそかに宣誓する。

「良心に誓って鉄の意志をもち、今後、二度とおなか一ぱい食べません」

わたしなんて、生きてても仕方ないいんじゃないか。全く自信を失う。

4

貝原宏に、エレベーターの前であったら、

「こんどの日曜、あいてる?」

といわれた。

「ええ、あいてるけど」

とわたしはスグ言った。ただの返事でなくて、(あいてる、あいてる、大あきよ、それにもしあいてなくても、あゝたのためやったら、何が何でもあけますよ)というぐらいの気負いである。

いままでわたしは宏とどこへもいったことはない。けれど、仕事の上で連絡することの多い相手なので、ほかの女の子よりは話す機会も多いし、お茶ぐらいは奢《おご》ってもらったことがあった。金谷美知子も、杉本まり子も、今宮富士子女史も、それぐらいはしているかもしれない。しかしわたしとのときのように、宏はうれしそうではないんじゃないかしら。うぬぼれかもしれないけれど。それはわたしの方もそう。

宏とはいつまで話してても飽きないくらい、話が合う。それは北村優とのときとはまた違ったうれしい、気持のはずみである。

何より宏はのんびりとしている。そして、わたしが気を使ったり顔色をみたりしなくても、ひとりでゴキゲンで、アハアハと笑う、そこがよい。ごく手数のかからない男であるのだ。

優のときのように、いちいち横目で顔色をみて、ハラハラしなくてもすむ。

それだけに、優と会っているときのような、深い、心の奥底にずしんとひびいてくる、重たい沈んだうれしさ、というか、感動みたいなものはない。

また、そのかわり、宏とのときはあとで心が晴れ晴れして、口笛を吹きたくなるようで、いうなら優と会ったあとの物足らない大きな不満みたいなものはない。

宏はわたしの仕事が要領よくてはやくて、たすかるという。

あたり前だ。宏のことに関する仕事はとくに心を配ってさっさと仕上げ、彼がもうすぐこういうだろうとわかるから、前もって用意しておいたりする。電話連絡も、こと貝原宏に関するかぎり、忘れず、ちゃんとゆきとどいてる。

女がこうしようと思ったら、できないことはないのである。

でもわたしは、宏のために特にそうしてるとはみせない。まあいうなら、宏に好意をもって心を砕いてるとは、悟られたくない。

「庄田さんボウリングする？」

「するわ」

「いっぺんいこか」

　という話からいろんなスポーツのはなしになった。宏はスポーツは万能選手である。せえへんのんゴルフだけや、といった。わたしは水泳が得意だといった。

「ふうん、ほな、温水プールいこか、豊中《とよなか》にあるねん」

「やっぱり、海がいいわねえ、日本海はまだ綺麗でしょ、いきたいなあ」

「夏の話やなあ、いっぺん行こか、天《あま》の橋立《はしだて》に知ってるとこあるねん……けど、それまで庄田さんが結婚退社してなかったら、の話やな」

　宏はそういって笑う。それはわたしの気を引いてるようでもあり、冗談のようでもある。

「たぶん、してないでしょね」

「庄田さんは独身主義？」

「ちがうけど、ほんとうに好きな人とでないとせえへんねん」

「そんな人、いるの？」

「どうかな」

　なんて両方でからかったり探り合いしたりして、のんびりしたムードのたのしさがあり、とてもよい。

　ところがその宏が、エレベーターの前で（日曜あいてるか？）といった、そんなときもわたしはウーン、なんて考えたり渋ってみせたりしないのである。わたしは元来気みじかである上に、宏に関してはいろんな駆け引きしないで正直にしているからだ。

それは彼に、女の正直さを引き出す男の正直さみたいなものがあるからだ、ともいえる。

「ほな、ハイキングいかへんか」

「うん、いく」

とまた、わたしは二つ返事でいった。

そして弾みで、もういちど、

「いく、いく」

といったので宏は笑い出した。エレベーターが来た。彼は上りでわたしは下りだったから、彼だけ乗込んだが、ちょっとドアをあけたまま、口早に、

「僕と笠井くんと中村さんと庄田さん、四人やわ。あとでまた」

と昇天していった。なーんだ。

笠井くんのカップルと一緒か。何のためにわたしは中村たみ子などと同行しなけりゃならないのだ。宏と笠井くんは友人だけれど、わたしはたみ子よりは、美知子の方がよい。でも考えてみると、笠井くんはたみ子べったりだろうから、自然、宏とわたしは、より親密になるチャンスはある。わたしは大いそぎでそう考え直した。

日曜は快晴だった。飛鳥路《あすかじ》をあるく計画で、四人は近鉄の橿原神宮駅《かしはらじんぐう》に下りた。まだ風は冷たいけれど、空気は甘く日ざしはあたたかく、春は近いような感じだった。若い人のグループも、思ったより多かった。

橿原神宮へおまいりする。ここは神武天皇をおまつりしてある。わたしと宏は拍手《かしわで》を打っておがんだが、笠井くんはたみ子をカメラにおさめるのに夢中、

「ついでやさかい、拝んどけよ」

と宏がいうと、

「神武天皇て、ほんまにいたはった人とちがうねやろ」

と笠井くんは全く、興味のない顔。「いたはった人」か「いてはれへん人」か、つまり実在か非実在かという歴史的せんさくはさておき、神宮のたたずまいは神々《こうごう》しく簡素で、どこかしらすがすがしくて、久しぶりに青い空と白い砂のあいだでみる宏壮《こうそう》な神殿は、わたしにはとてもおごそかに思える。その気持のあらわしかたが、手をたたいて、拝むことになるのだ。神殿は奥ふかく静まり返って、あかるく清らかで、ま近にそびえる畝傍《うねび》山の、おおいかぶさるような姿に調和している。でもわたしは手持ちの言葉が少ないので、その感動をうまく伝えることができなくて、

「いいね」

とだけ宏にいったら、

「うん、ええわ」

と宏もいった。宏ははじめて見たのじゃないが、何べんみてもいいという。着物に袴《はかま》を穿《は》いた若い男が、わたしにシャッターを押してくれと頼んだ。わたしが受けとってのぞくと、青年は両足をひらき両肘を張り、坂本竜馬《さかもとりょうま》のような顔を天の一角に向けて、

「これで、たのみます」

とポーズをとりながらいった。右翼青年かもしれない。

そういえば、この神宮の近辺には右翼結社のビラが目立つようである。神宮の裏には森林公園があって、ひろい芝生や、深い木立がつづいている。あちこちに腰をおろしているグループが多く、

「ちょっと早いけど、メシにしよか」

と笠井くんが提案し、宏は、

「そやな、あとは田舎道になるよって、ここで食べて軽くしてしまおう」

といった。

たみ子はサンドイッチやふかし饅頭《まんじゅう》で、わたしはおにぎりに、いろんなオカズのつめ合せ、朝早くから母に手伝ってもらって大さわぎして作ったのだ。おにぎりにはゴマ塩をふったの、ノリを巻いたの、いろいろ取り合せ、折詰に三つ、オカズは二つ、重たかったのなんの……。男二人は水筒とくだものだけで、

「やァ、これはごちそう」

　わたしの作ったオカズは、鶏の手羽先のフライに、ソーセージに卵焼き、高野《こうや》豆腐と、挽《ひ》き肉団子と、ほうれんそうのおひたしに奈良漬《ならづけ》……フタをあけると、みんなは意地きたなくワッと手を出して、

「こんなん、庄田さん作ったんちがうやろ」

「お母さん、ごくろうさま」

「ちがうわよ、あたしよ、あたしが作ったのよ」

　といっているうちに、またたく間に売れてゆく。そうやって食べるくせに宏は、

「中村さんのサンドイッチ、おいしいね、こんなお料理上手な人を奥さんにもらったらトクやな、うらやましい」

　と調子よく笠井くんとたみ子を喜ばせたりしている。わたしは阿呆《あほ》らしいので、二人にゴマをすることは止《よ》そうとかたく心にきめた。それでなくてもたみ子は笠井くんにお茶をついでやったり、紙の皿に取りわけてやったり、目ざわりだ。

　食事がすんでから、宏は、大和《やまと》歴史館へいってみようといった。笠井くんは気が進まないのか、

「あ、前に見たことある。石や土の棺《ひつぎ》並べたァるだけやろ?」

「まァ、ね。けどおもろいで」

「君行ってこいよ、僕らこのへん歩いてるわ。土くれや石ころ、あんまり興味ないねん」と笠井くんはいい、何のために四人で来たんだか。たみ子はくだものの皮なんか剝《む》きつつ、笠井くんのとなりに横坐りになって、これも石ころや土くれには興味もへちまもなさそう、わたしは宏と二人でのぞいてみることにした。

「中村さんていいな、笠井くんは幸福になるで。ええ奥さんになりそうやから」と宏がいう。がまんにも限度があるというもの、わたしは拗《す》ねてみせた。

「あんまりたみ子さんばっかりほめるのなら、あたし帰るから」

「まあ、そう言いなさんな」

「貝原さんも、たみ子さんが好きやったの？」

「うん、まあきらいではなかったね」

わたしは顔色が変りそうな気がした。

「そんなら、笠井さんと決闘でもしたらどうなの、そのくらいの勇気もないの！」

「オオ怖《こわ》……」

歴史館の中は人っ子一人いず、しいんとしていた。身震いするほど寒いが、珍しいものがいっぱいある。

とろッとした色の不透明な、あおい石の勾玉《まがたま》や、ふちの欠けた赤い瑪瑙《めのう》の勾玉。欠け継ぎをした埴輪《はにわ》と、奇怪な土偶の護符《おまもり》。石の棺と、土器のお皿、鉢。石のヤジリが糸で止められて、いっぱいケースの中に陳列してあった。太古の男たちは、これでケモノや鳥を仕留め、石の包丁で皮を剝《は》ぎ、穀物を育て、女たちはそれを煮たり焼いたり、皮を縫いあわせて衣服を作ったりしたのだ。

「昔の男も女も、することとってかわらへんのね、今と」

などと、あたり前のことに感心する。そうしてそんな太古から、やはり女は珠《たま》を身につけて美しく飾ったりしてるのだ。そんな昔でも、あの男は好き、この男は二ばん目のスベリドメ用と、女たちはせわしく心の中であれこれ考えていたであろうか。

「庄田さん、こんなん見るのん好きか?」

「よく判《わか》らないけど、珍しいから、きらいでもないわ」

といったら、宏は顔を輝かせ、

「そう? そんならまた、誘うよ。僕ワリカシ、こんなん好きやねん。邪馬台国《やまたいこく》の本なんか、買いこんだりしてるねん」

「あ、卑弥乎《ひみこ》の話?」

「そう、興味ある?」

「あるある」

歴史館を出たころには、ずいぶん仲よしになっていた。わたしは、わたしたちを二人にさせてくれた笠井くんとたみ子に感謝さえした。歴史館のしんとした埃《ほこり》のにおい、冷たい静けさというか、ぶきみなほどのがらんとした気配も、とてもよかった。
「庄田さん、君を好きな人たくさん、社内にいるね」
　と宏は日だまりの道を歩きながらいう。
「そうかしら?」
「僕も好きやねんけど」
「おおきに」
「気がぬけるな、もっと感激しろよ」
「ありがたいと思います」
「記者会見でいうてるのんと違うデ。何とか言いよう、あるやろ。君かて、僕のことき
らいやないやろ」
　わたしは少しムカムカした。自分の思ってることを人に言い当てられるのは癪《しゃく》である。
しかもそう言いながら、宏がいやにシャアシャアとした面《つら》で、のんびりしているのも、場
ちがいで癪にさわる。
　もっとそれらしいムードがあるはずではないか。つまり、それは宏がわたしをバカにし
てるのだ。それだ、それにちがいない。この男はわたしに尊敬の念など、一向にもっとら
へんのだ。だからシャアシャアとした顔でいうのだ。愛の告白は、人生の、少なくとも女
の人生にとっては一大事である。それを邪馬台国の卑弥乎と同じような顔と声で発表され

ては、ひっかかるのである。

5

大和歴史館を出たあと、わたしと貝原宏は、笠井くんたちに合流した。

笠井くんは中村たみ子とのんびり、芝生に腰をおろしておしゃべりに夢中だった。その紐《ひも》のほどけたうれしそうな顔。

どうして男って、あんなに間の抜けた顔になれるものだろうか。女から見ると、ほかの女を好きになってる男はみんな間が抜けてみえる。

四人で東へあるいた。橿原神宮を起点にして六キロ平方ばかり、みんな飛鳥《あすか》、藤原《ふじわら》時代、それにもっと古い時代、あるいは「万葉集」の時代の遺蹟がいっぱいだと、宏はいう。

「万葉集」がどっち向いてるものやら、関心のなさそうな笠井くんらのカップルまで、

「ええなあ」

と嘆声をあげるほどの、きれいな空と、ひなびた田舎道だったが、剣池《つるぎのいけ》あたりへくると車がひっきりなしに通る。

「この池な、応神《おうじん》天皇のころに、蘇我《そが》氏が掘ったんやて」

と宏がまた知識の一端を披露《ひろう》したら、

「応神天皇かて、ほんまに、いたはった人と違うねやろ?」

と合理主義者の笠井くんはうるさい。

「いや、応神あたりから、実在らしいねん。それにこの池のことは万葉集にかて、のったァるねん、古い池やねんで」

「なるほど」

「ここからずうっと東へあるいていったら雷《いかずちのおか》丘と甘樫《あまかしのおか》丘があるねん、飛鳥川が流れて……あすかがわ、知ってるやろ?」

「あ、聞いたことあるなあ」

「たよりないな、待てよ、ガイドブックもってきたァるねん。あ、ここや」

と宏は、「大和めぐり」の本をひろげて、あるきながら詠《よ》みあげた。

「飛鳥川ゆきみる岳《おか》の秋萩《あきはぎ》は今日ふる雨に散りか過ぎなむ……そんな歌がいっぱい、ある。つまり歌の名所やなあ」

その飛鳥川はちょろちょろと流れる、ほんのひとまたぎの清流だったのでわたしは目を疑った。

「あんまり、小さいのんとちがう?」

とわたしはいった。

「いや、これやねん、まちがいない」

「こんなん、溝《みぞ》やないか」

と笠井くんはいい、

「しょうむない川を、たいそうにいうたもんやなあ、昔の歌人は」

「昔は大きかったのが、今は小さくなったんやないかしら」

とわたしも意見をのべた。

「昔の人は狭い大和しか知らんさかい、小さい川でも大層に思うたんちがうやろか」

と宏があやふやにいう、宏の知識だってこのくらいのものである。

「つまり、世間知らずやってんな」

と笠井くんはいい、そのあいだ中、中村たみ子はにこにこしていた。

たみ子は百年ぐらい昔にはやったような古風なおかま帽をかぶっており、何とも形容のつかないジャンパーのごときものを羽織っている。わたしはワルクチはいいたくないのであるが、たみ子を見ると何か、違和感を感じてならない。

そうして、女同士二人でしゃべりたいのであるが、たみ子は何を聞いても話にのってこないから、しゃべりようがないのであった。ただ、にこにこしている。それはちょうど、日本語を知らない外国人が、言葉はちんぷんかんぷんながら、自分の好意だけを精一ぱいあらわしたくて、意志の不通を表情で補うために、満面に笑みをたたえてる、あの途方にくれた人のよさ、みたいなものを思わせる。

といって、たみ子はどこがヘンというのではなく、ちゃんとしゃべるし、受けこたえも正常なのだが、どこか一拍はずれてる、そんな感じであるのだ。べつに人のわるい子ではないが、金谷美知子のようにツーカーで話の合う、というところがないので、わたしにしてみればいささか敬遠するというか、もてあまし気味なのであった。

そんなたみ子と笠井くんは、何をああいう風にクドクド、ソメソメと話し合っているのであろう？

今さらのように、人と人の気質、相性、というか好き好き、向き向きのふしぎさを思わずにはいられない。たとえば、わたしと宏だと、いくらでも話していられるのに……。

そして、北村優とわたしだと、話は弾まないまでも、いつまで一緒にいても、たのしいのに……。

「飛鳥大仏」を見るために、安居院《あんごいん》というお寺へ寄る。歩いてるとぽかぽかする暖かさで、安居院は畠《はたけ》のまん中にある、のどかな小さなお寺である。小さなお寺だが、飛鳥路めぐりの名所なので、寺の境内は赤や黄のはなやかな女の子の服が点々としていて、キャンデーをこぼしたようににぎやかだった。

わたしは白いキャスケットをかぶっていたのでそれをぬぎ、こんにちは、とお寺へはいっていった。

お坊さんが、ひょっこり出てこられて、どうぞおあがりください、と言われる。そんな気らくなお寺である。わたしたちは一緒にあがっていった。

ちょうど本堂の飛鳥大仏を、四、五人の人が拝観しているところなので、いっしょに後から拝むことにする。

明るい戸外からはいると、本堂は暗く冷え冷えとして、奥の大仏さまもよくみえない。丈六《じょうろく》の金銅仏、これは国宝で、止利仏師《とりぶっし》の作といわれる。千四百年ほども昔の古い仏さまであるが、鎌倉時代に兵火に焼かれて、ただお顔と右のお手だけが、もとの飛鳥時代のままだそうである。

「今でも懐中電灯で照らしますと、眉間《みけん》のあたり、キラッと金箔《きんぱく》がひかります」

小柄で色白のやさしいお坊さんがそう説明された。笠井くんは立っていって、無遠慮にしげしげとのぞきこむ。

大仏さまはほの暗い帳《とばり》の奥で沈黙していられた。がっしりしたお体、いかめしいぶこつな、まじめなお顔。それは、よく見るようなふっくらした円《まる》いやわらかな顔や、やさしい笑みをうかべられた仏さまたちとちがい、もっと原始的な、あらあらしさにみちたお顔である。

そうしてふしぎな口もとの表情が、あらあらしい悲しみのようにみえる、ちょっと日本ばなれのしたお顔である。

仏教が日本へはじめて渡ってきた昔、仏さまたちは、まだこんな、あらあらしい野性味を帯びたお顔をしていらしたのかもしれない。その時分に生きた人々と同じように。

「このお寺は、日本でいちばん古い大寺であります。ここで蘇我氏を伐《う》つ相談が、中大《なかのおお》兄皇子《えのおうじ》と、藤原鎌足《ふじわらのかまたり》とのあいだで出来たのでございます……」

お坊さんの説明の最中に、ハチがとびこんで来、ぶんぶんとまつわりついた。

「キャッ、ハチ！」

とわたしは宏のほうへ身をよけた。すると前に坐っていた中年の女が、さも不快げな視線をじろりと送ってきた。

「いわゆる、蹴鞠《けまり》の会でございますな……いまで申しますとフットボールのようなもの、それをこの寺の庭でなされたわけでございます。そうして蘇我氏をほろぼし、大化の改新がなしとげられた。そのキッカケが千三百年前の、この寺でございまして……」

ふとみると、笠井くんはあごのはずれそうな大欠伸《おおあくび》をしていた。その隣りの青年が、

「大化の改新……」

とうなずいている。坊さんは、

「ご存じでしょう？」

「いや、知らん」

「つまり、政治的クーデターですな、中大兄というプリンスと、その家来の鎌足がクーデ

ターをたくらまれた、そのアジトみたいなところが、この寺や、ちゅうわけだす」

と坊さんは親切な人で、汗をかいて説明していられた。

前に坐っている中年の女は再びうしろをふりむき、

「ほんとにこのごろの若い者って……歴史を知らないにもホドがあるわ」

と聞えよがしの声でいった。

中年の男の方は遠慮したのか、だまっていた。

「つまりナマケモノなのね、知ろうっていう気もないのよ、つまらないことだけ一人前で
あとは半人前、学校で何教えてるんでしょ」

男は低く笑うだけでだまっているが、中年者というのは非常にやりにくい人種である。

本堂を出たら、早春の日ざしがいっぱいあたった畠がつづいていて、肺の底まできれい
になるような空気。これから「酒船石《さかふねいし》」へいってそこの巨大な石造物を見、そのあと「石
舞台」といわれる、蘇我馬子《そがのうまこ》の墓を見て、などと地図をひろげて宏の話を聞いていたら、
たみ子が走ってきた。

「サインもらったのよ」

という。

「さっき、前にいた女のひとね、あれ、新城《しんじょう》あや子先生よ、評論家の……」

と顔が輝いている。

「あれ、そうやったかしら?」

「そうよ、あの〝愛するということ〟の……」

それはこのごろ、はやっている愛情評論集であって、会社でも、みんな廻し読みしている本である。

「ここへサインしてくれはったわ」

と、たみ子は手帖をひろげてみせた。

「庄田さんもしてもらえば?」

「あ、あたしはいいのよ、怖いんやもん、あの年ごろのひとって」

「ちっとも怖い先生じゃなかったわよ、若いのに古寺めぐりなんて、感心ね、とおっしゃってたわ」

その新城あや子先生は、あぜ道の彼方《かなた》にとめた車に、中年の男と共にのりこむところだった。新城先生を横に坐らせ、男が車を運転して、砂塵《さじん》をまきあげて走り去った。

「テレビで見るより美人ねえ」

とたみ子は有名人を近までみていささか昂奮したらしく、やっと人間らしくなっている。つまり、はじめていきいきと感情を出して表情がゆたかになってるのである。

「女の子って、どうだろ、くだらんことに夢中になるもんやねえ」

と笠井くんはいいつつ、そのくだらなさがまんざらでもないふうで、笑いながら、

「この、バカ」

なんていってたみ子のおでこをつつき、見ているわたしと宏はいささか当てられ気味。

どうしようもなく、

「エヘン、エヘン」

と先に立ってあるいて、わたしはつくづく、アバタもエクボ、というコトワザは真実だなあ、と思った。

「酒船石」は、小高い丘の上にあって、竹藪《たけやぶ》にかこまれた急な坂をのぼったところにある。

わたしと宏はあと先になってのぼった。

寝棺《ねかん》のように大きな石に、ふしぎな穴や溝がほられてある。

丸いくぼみや、楕円《だえん》形のくぼみをつないで、条溝《じょうこう》がたてよこに走っている、ふしぎな石である。

酒をつくったあととも、油をしぼるための石ともいうが、何もわからない。

日本の、歴史にのるまでの、遠い遠い昔のものである。誰もまだ、この石のナゾを解いていない。

応神天皇より、神武天皇より、もっともっと、古い時代、仏さまが日本へ入ってこられるよりもっと前の、人々が狩りをし、はだしで野草を摘んでいたころのものかもしれない。

「ここで、捕虜を殺し、犠牲《いけにえ》の血と心臓を神に献《ささ》げたのかもしれない、と仮説をたてる人もあるねん」

と宏がいう。

「あっ、そうかもしれへん」

とわたしは感心した。この小高い丘に立ってみると、あたりの平野はおだやかに静まり、木々はゆたかに葉を繁《しげ》らせているが、この丘の上は竹藪にかこまれて石のあたりうす暗く、神の丘にふさわしい。

「ナゾはいっぱい、あるねんなあ。日本人がどこから来て、どうやって住みついたか……それはどんな人種やったか。石は何千年もその歴史を見てるわけや」

「この古い石は、何もしゃべらないんですものね」

「いや、しゃべっとるのや、けど、残念なことに、まだ誰も石の声をよう聞かんからなあ……」

「そうね」

「僕はこの、古い石が好きなんや。大和には古い石が多いねん……何をあらわしたものか、得体《えたい》の知れん彫刻をした、ふしぎな石がいっぱい、あるねん……こんなん、じーっと見てあるくのん、学生時分から好きでなあ」

と宏はいった。

「石が好きなんて年よりみたいね」

「そうかね？　けど年よりはせっかちやさかい、こないノンビリしとらへんで。年とると気が短こうなって忙しがってばっかりいよる。若いさかい、じーっと石見てられるねん」

「そうかしら？」

「そやがな。さっきの新城あや子先生みてみ、飛鳥路を車で走り廻っとったがな」

宏の言葉でわたしたちは笑ってしまった。

「おーい、ホットドッグ買《こ》うたから食べようよ」

坂の下で現実的な笠井くんの声が呼んでいる。

6

ハイキングからこっち、わたしと宏は親しくなった。といって、特に、何かを暗示させるようなことを宏がいったり、わたしが、婚約をほのめかしたりする、というのではない。

「よ」

と廊下であって声を交わしたり、ひやかしてうしろを通りすぎたり、という友達づきあいのもの。つまり、親しくなるというよりは、へだてがなくなった、というぐらいのところ。

親しくなるのとへだてがなくなるのとはちがう。へだてがなくなる、というのは消極的な交友関係で、親しくなるというのは、積極的に働きかけることを意味する。

貝原宏は、あいかわらずのんびりして、そして以前よりいっそう無警戒にわたしに笑いかけ、それはそれでたのしくもあり、ほかの女の子に対してちょっぴり誇らしくもあるのだが、しかしまあ、彼のあけっぱなしの笑顔を見ていると、この男はどっか、足らんのとちゃうかしらん、などと考えさせられる。

もう少し、なんとか、ならないものだろうか。

へだてのない友人づきあいになるのはいいが、わたしとしては、男と女が、これでは困る、という気にもなるのだ。

話が弾んでたのしいのはいいが、男と女、それも若い、独身の人間が二人寄ってたのしい語らいのときに、「へだてがない」だけのつきあいではこまるのだ。

そこに何となくこう、もやもやーっとした何かが生れる、秘密めかしい雰囲気でないとこまると思う。

しかし相手が貝原宏では、そんなものがうまれる筈《はず》もなく、

「今日、昼めし何を食おうかな、庄田さん何食うた?」

などと、あっけらかんといわれては精がないのである。

会社が退《ひ》けてから、金谷美知子と、心斎橋筋をあるくことにした。れいの、一万円の銀細工のペンダントがまだ売れていないかどうか、探りにいくのだ。

「そんなこと気にするんなら、さっさと買えばいいのにね」

とわたしは言うのだが、美知子にいわせれば、売れたか？　まだか？　という、そのスリルが、たまらないのだそうである。

そうして、また、買ってしまうとつまらなくなるという。

「まァ一万円ぐらい、貯金おろせば買えるけどね。買えないことはないんやけど……」

というのだから、その気持がわからない。

「心斎橋パルコ」をひやかして、その店へいった。ちょっと橋筋を南へさがった横丁に、小さなアクセサリーの店があった。

美知子は慣れたふうに、

「こんにちは……」

とはいっていって、中年の美しい婦人に挨拶した。

それから、黒いびろうどを敷いたガラスケースの中を見て、あわてて目をこらし、

「ムム！」

「どうしたの？」

「ない！　ないじゃんか！」

わたしに怒ったって、しょうがない。

「あの、ここの、銀のペンダント、売れたんですか？」

と美知子は嚙《か》みつきそうに、店番の婦人にきいた。

うす紫のニットスーツを着た瘦せぎすの、美しい婦人は、壁ぎわのケースを整理していたが、おどろいて顔を上げた。

「は？　ええ、さっき売れたばかりなんですのよ……まるくて、中にバラの花とツボミのある、あれでしょ？」

「ええ、そう……あたし、半年も前から見てたのに」

美知子は口先だけでなく、急に欲しくてたまらなくなったようで、

「ああ、売れたの？　……ああ……がっかりやわ」

などといっている。わたしは、半年も言いつづけているのだから、買う機会はいくらもあったろうに、と思うから同情する気にはなれず、

「こっちにもあるわよ、これにすれば？」

と美知子の袖をひっぱった。

「そんな、ほかのと、替えられるようなもんとちがうのよ、あれは独特よ、あたし、あれが好きやったのよ」

「わるいことでしたわねえ」

店の婦人は当惑していた。

「そういえば、以前から、ご覧になってらっしゃいましたわねえ」

「ええ、やっと、お金が貯《た》まって買おうと思ったとこだったのに……」

売れたとなると、美知子はそんなことをいっている。しかし、もう手にはいらないと思うと執着が増したのは事実らしく、

「あれね、どっしりして色がよくて彫りが重量感があって、しぶくて、神秘的で、とてもよかったのよ……そうかァ。売れちゃったのかァ……もう、はいらないでしょうね、あんなのは……」

「ハァ。手細工でございますから……。インドのものなんですけれど、同じものははいりにくいと存じますねえ……」

婦人は困ったようにいった。

「いっぺん、レイ子にみせたかったわ」

「まぼろしのペンダントね」

わたしが答えるとすぐ、かぶせるように、

「まぼろしじゃありませんよ」

と声がして、男が店のなかにはいってきた。

四十二、三ぐらいかしら、ちょっとおなかの出はじめたような、日にやけた顔に、歯だけ白く光っている男である。

うすいクリーム色のシャツに、紺の上着を着ている。肩が頑丈《がんじょう》で、体つきが楯《たて》のようにまっすぐで、すらりとしているので、少々出ているおなかまで、押出しがりっぱにみえる。

「まぼろしじゃなくて、ここに持ってきてますよ。これじゃないんですか?」

と彼は、ポケットから、赤いびろうど張りの函《はこ》をケースの上に置いた。

彼がぱちんとひらくと、なかには、鶏の卵ぐらいのペンダントがあらわれた。こまかなバラの花を彫刻した、じっくりした色の銀細工で、バラの花には銀の玉の露までついていた。そのいぶした色の具合といい、重そうな手ざわりといい、こうやって見ると、さすがに飽きのこない重厚な手細工である。

「ああ、これなんです」

「ほんと、すてきよ、ねえ」

わたしと美知子は額をあつめて、見入った。

「そんなにご執心だったんですか?」

「え? ええ、でも、もう、よろしいんです。もし、売れてなければ、と思ったんですもの、かめへんのよ」

美知子は残念そうに、函を男の手もとに押しやった。男は無造作にいう。

「何なら、おゆずりしますよ」

「エ?」

「いや、僕は、これでなけりゃいけない、ということはないんです。むしろ、ほかの品ものの方がいい」

「でも、これ、お買いになったんでしょ?」

「ええ、しかし、どうせプレゼントのためですから、何だっていいんです。いや、実は一たん買って出たんだけど、どうも、これと同じようなのを、先方は持ってたんじゃないかと思い直して、それで引っ返したんですがね、取り替えますから、いいですよ」

「あら、ほんと」

美知子は飛びあがりそうに顔を輝かせて男が手渡した函をうけとった。

わたしは見ていて、美知子のためにはらはらした。男は取り替えるといっているだけで美知子にやるとは言ってないのだ。

「うれしい! うれしいわ!」

なんて、美知子は胸にあててよろこんでいるが、まちがってやしないか。

「ね、今日、一万円もってるの?」

と私が美知子をこづいたら、

「あ、……そうやわ、もってない」

とおろかな美知子は愕然《がくぜん》としていう。

無責任ではないか。そのあいだに男は、店の婦人にいって、びろうどの函を、きれいな紙に包ませていた。

リボンまでかけてくれて、男はそれを受けとり、何かべつの包みを作らせている。

「あの、やっぱり、いいです。また、きます」

と美知子はいい、二人でいそいで店をとび出した。

心斎橋筋まで小走りに急いでたらうしろから、

「あ、これ持っていきなさい」

と呼びとめられた。

さっきの男の声である。

その声は、宏や、マアちゃん、つまり大学生の優などの声とちがう。軽佻浮薄《けいちょうふはく》な、吹けばとぶような声とちがう。自分の意志をもち、ハッキリとそれをおし通す自信と力にみちた声である。が、かといってわたしの父のように何が何でも自分のいうことに従わせようというゴリガンな、むやみやたらと頑固な力にみちた声ではなくて、もしそちらに、ちがう意見があれば、気のすむまで聞きますよという声なのだ。

字で書くと長いが、一瞬のうちに、そんなことを考えさせる、力強い、やさしい声である。

わたしと美知子は、まるで悪事を働いて逃げるところを呼びとめられたように、足をとめ、うなだれた。

「これ……」

と男は手を出して、にこにこしている。

その掌《てのひら》の上には、すみれの花の包み紙に赤いリボンのかかった函がのっていた。

「あの、今日、お金もってきてないんです」

美知子が消え入りそうにいい、わたしはきまりわるくて、足もとをみつめたままだった。

男はグレイのズボンをはいていた。手入れのゆきとどいた靴である。

「お金はいつでもいい」

「でも、あのお店にお金をお払いになったんでしょ」

「あの店には払ったが、まァ、いいですよ。さっき聞いていたら、とても欲しがってたじゃないですか、さァ」

美知子は思わず手を出してうけとりつつ、

「あの、じゃ明日、お払いします」

「まァまァ。よければ差し上げても……」

「もらうわけにはいきませんよ！」

美知子は叫んだ。

「こんな高いもの、……」

痴漢か、スケコマシではないかという考えが美知子のあたまにひらめいたらしい。一万円のペンダントで女の子を釣ろうというのか、と美知子は決然とした態度になった。

美知子はできるったけ腕をのばしてきっぱりという。

「もとの店へ戻しといて下さい。あたしは欲しければ買いにいきます」

「まあまあ」

男はうすら笑いをうかべていた。

「あそこへ返品するのは気の毒ですよ。僕はもう、別のを買いましたからね」

二人の押問答のあいだ、わたしは男をじっとみていた。どうも何か、ほんのすこし見たことのある顔や雰囲気だと思われて、それがどこでだったか、思い出せない。そのうち、男が押問答にくたびれて、低く笑ったのでハッと思い出した。

いつか貝原宏たちと明日香《あすか》村へハイキングにいったとき、新城あや子先生と来ていた中年男は、彼なのではないか？

チラ、と見ただけだから、よくおぼえていないけれど……。それに、中年男なんてみんなわたしには、同じような顔にみえる。

「突然ですけど、いつか、新城あや子先生と、明日香へハイキングにいってらっしゃいませんでした？　……あたしも、あのとき、いっていましたけれど……飛鳥大仏で」

とわたしが口を出したら、男はわたしの顔を見て、

「そんなことがありましたな。あゝたはサインをもらいに来たお嬢さんだったかな？」

「いいえ、それはもう一人の友達です」

「そうでしたか？　どうも若いお嬢さんはみな、同じにみえていけない」

と彼はやさしく笑った。

「あれッ、知ってるの、この人！」

と美知子が頓狂《とんきょう》な叫びをあげたのでわたしは説明した。美知子はそれより、わたしと貝原宏がハイキングした方に関心をもったらしかった。あのことは、美知子には内緒だったのだが、この際、仕方なかった。

「ちょっとそのへんでお茶でも飲みますか？」

と男が誘った。

わたしたちはあわただしく顔を見合せた。この際、好奇心と、ヒマがあることはいいことかわるいことか。二人とも、好奇心に克《か》てなかったのと、家へ帰ってもご飯をたべて寝るだけだという気で、男の申し出をのむことにした。それにこっちは二人だから心丈夫だ。

喫茶店で、わたしと美知子が同じ側に坐り、男はひとり向う側に坐った。

「このちかくにお勤めですか」

と男は煙草をふかしながらいう。

雪村課長より年上のようではあるが、課長の雪村さんよりは、何か、強そうな力のあるムードである。

「ええ、そうです」

「毎日、二人で帰るの?」

「まァ、たいていね」

こんどはわたしが、きいた。

「お仕事は何ですか?」

こちらが二人だと思うから、オトナの男あいてに、聞けるのだ。

「何にみえますか?」

男は微笑《ほほえ》んだ。勤め人のようでもあり、ようでもなし、小説書き、音楽家、テレビ屋、そのどれでもないようでもあり、あるようでもある。わたしにはオトナの男は分らない。でも、新城あや子先生の知り合いだから、自由業の人かな、とも想像したのだが、男はまっとうな、ふつうのサラリーマンらしい。

「僕の会社は周防町《すおうまち》です……」

「ハア」

「あやしい者ではないですよ。××工業という会社です。昭和ビルの四階から上が会社です。六階に来て、篠崎《しのざき》といって下さればわかります。たいていいますよ」

彼は心安げな、口なれた大阪弁になり、

「ほんま、それ、もう、上げますワ」

と美知子が手にしっかとにぎりしめているペンダントの函を指した。

「ほんとに気に入ったみたいですね……そういうものを手に入れられなかったショックは、一生、心のキズになってのこりますよ。忘れられなくなります」

しゃらくさいことをいった。男も、自分でそう思ったのか、

「いや、ほんとうは、怨念《おんねん》がこっちへのりうつると怖いから」

と笑った。

7

周防町の昭和ビルは最新のたてもので、アルミとガラスが日を反射して、きらきらと光っていた。

美知子が、先日ペンダントをゆずってくれた篠崎という男に、一万円を払いたいから、

ついてきてほしいとわたしを誘ったのだった。

××工業は四階から六階まで三フロアを占めていることが、下のホールでわかった。六階へ、二人であがる。エレベーターの中もつるつると顔がうつるばかり。どこもチリ一つとどめず、やたらと明るくてまぶしい。

「ウチの会社よりきれいね」

「くらべるほうがまちごうてます」

といいあう声も低いささやきになる。

受付にいる女の子に篠崎と聞いてみる。会社がひけてからでは間に合わないかと、おひる休みに、二人とも息せききって来たのだけれど、おひるを食べに、彼が出ている心配もあった。はたして、受付の女の子に、

「篠崎。何課でしょうか」

ときかれて、二人とも顔を見合せた。

「よくわかりませんけれど……年よりです。四十二、三ぐらいかな、それとも五十くらいかもしれない。男のひとですけど」

と美知子はいったが、われながらあいまいだと思ったのか、あわてて、

「背がたかくって、ちょっと太ってて、体つきのりっぱな……」

とつけたしたが、これも、あんまり役に立たない特徴である。それにしても、年よりは

可哀《かわい》そうである。

「どういうご用でしょうか」

「お借りしたものを返しにきたんですけど……あの、お金なのでご本人に直接、お渡ししたいんです」

「名前のほうは分りますか。篠崎……なんておっしゃるのですか」

「さァ。知りませんけど」

「ここには三百五十人働いておりますので」

「ちょっと調べさせますからお待ち下さいね」

と受付嬢は気の毒そうにいった。

彼女は電話をとりあげてどこかへつないだ。

そのあいだ、わたしと美知子は、

「ほんとにここにいるのかしらね?」

「口から出任せいったんじゃないかしら」

「でも、それなら、ペンダントを持ってゆけというはずないでしょ」

「それに、新城先生の知り合いやったら、あやしい人とも思えないし」

などと話していた。

受付の奥にひろがる部屋は、窓が思いっきり大きいガラスなので、惜しげもなく陽光があふれて明るく、それに女の子はユニホームでなく自由な服装なので色とりどりで美しい。

当然のことながら、会社によって、雰囲気はぐっと変るものだと感心させられた。

ここに比べれば、ウチの会社は、ずいぶんとお堅いかんじである。

が、ここの会社のムードからみれば、このあいだの篠崎という中年（といってしまえば気の毒だが、青年ともいえない）の男の、ゆったりした、くつろいだ物腰と、似ていなくもない。

そのとき紳士が数人、うちつれて奥から出て来てエレベーターに乗りこんだ。わたしたちは、そばへよけて邪魔にならないように控えていた。

彼らはエレベーターの前でしばらく話しあってから、一人を残してあわただしくドアがしまり、その男は踵《きびす》を返して奥へひっ返そうとした。

わたしたちが、あ、というのと、男が、

「どうしました？」

というのと、同時だった。

男は今日は、きちんとした服装をしてネクタイを着けていた。

アメリカ煙草のような匂いのやわらかな雰囲気が男の身のまわりにあって、男はにこにこしている。

「お金をもって来たんですの」

と美知子のいうのを聞いたのか、聞かないのか、男は、微笑をふくんだまま、

「まあ、こっちへ来なさい」

とわたしたちを呼び入れた。

受付の女の子は受話器をもったまま、驚いて男とわたしたちの顔を見比べている。

「どうもありがとうございました、そこで会いましたから」

といったら、あわてて、女の子はお辞儀した。

男は奥まった部屋のドアを体で押すように開いてわたしたちを招き入れた。

その部屋の半分は、豪華な明るい紺青《こんじょう》のじゅうたんが敷きつめてあって、革張りのソファやテーブルがあり、もう片方の隅には仕事机がある。

「まあ、どうぞ」

と男はいったん自分でソファに坐ったが、煙草がないのに気付いて仕事机の上に取りにゆき、また、くつろいで坐った。

「今日は会社、お休みですか?」

彼の態度にも声にも、ヒトの部屋を使っているような遠慮したところはなかった。

やわらかな微笑で、それは小ちゃなとき、クラスの友達の家にあそびにいったら、出てきて何かと話しかけた、やさしい友達のお父さんに似た感じである。

しかしわたしも美知子も、あまりびっくりしたので、動転したまま突立っていた。まさか、先日のあの男が、××工業の社長とは思わなかった。さっき、受付の女の子があっけにとられたように、男とわたしたちを見比べていたはずである。

ドアが開きっぱなしの隣室は、秘書の席に通じているのだろうか、気配で、長身の美人がこちらへやって来て、わたしたちを見るとにこやかに会釈《えしゃく》した。それは職業的なにこやかさだったかもしれないけれども、わたしたちはこんなに鄭重《ていちょう》にお茶を出されたのは、はじめてだった。

かたくなって坐っているわたしたちに男は再び、いった。

「今日はお休み?」

「いいえ、おひる休みに来たんです……」

とわたしがいうと、美知子は封筒を出した。

「これ、取って下さい、ペンダントのお金なんです」

「はい」

と男は、思ったより無造作に封筒をうけとって、すぐ、上衣《うわぎ》のかくしにしまった。その何気なさも、いい感じだった。美知子もわたしも、渡すときもめるのではないかと気負っていたので、ちょっと肩すかしをくわされたようだったが、やっぱり返しにきてよかったと、いまさら冷や汗が出る。もし、あのままにしていたら、さぞあつかましい人間だと思われたろう。

「おひるは?」

「たべてきましたの」

「まあ、いいでしょう、若い人だからはいるのではないかな」

男は笑った。

「いいえ、もうおひる休みの時間がないんですもの」

男はうなずいて、

「ではこんどの日曜、おひるを食べに須磨《すま》へでもきませんか」

「須磨?」

「僕の小屋があってね。こんどの日曜にいきます。海が庭から見えますよ。……ふだんは不便なもんで、芦屋《あしや》の方に住んでるから、めったに須磨へはいけなくてね。るす番の人が、これがバラ作りの好きな人で……」

男の、いや篠崎サンの声はやわらかに耳を打って、心をさそいこむような魅力にみちている。父でも兄でもないような、年長者の力強さがあって、だまってきいていると、しらずしらず説得させられてしまうような、奇妙なやさしさがあった。

「ちょうどいま、花盛りだから、ぜひ見に来てくれと電話してきたんですよ。庭が少しあるので、好きなように作らせています。……この人はミニローズ——見たこと、ありますか？　小さな小さなバラですな。そういうものや、蒼《あお》いバラまで作ったりする変ったじいさんですよ。スイートピーもパンジーも咲いてるから、見に来て下さいということでね。僕は、どうも花オンチだが、どうです、お嬢さんがた、いきますか？　好きなだけ摘んでもらいなさい」

こんな話をきいて、心のおどらない娘がいるだろうか？　わたしたちは篠崎サンにその、須磨の海の見える小屋の場所をきいた。

篠崎サンは煙草をくわえながら、ボールペンでメモに地図と住所を書いてくれた。

そのとき電話だと、秘書の美人が言いに来た。それをしおに、わたしたちは立った。

篠崎サンはわたしたちの挨拶にうなずいただけで、すぐ電話に出て、打って変ってイキのいい、闊達《かったつ》な大阪弁でしゃべり、きげんよく笑っていた。

美知子とわたしは、煙にまかれたようで、すこしフワッとした心持になって会社へ帰った。

何ともいえないオトナの魅力みたいなものがあって、そのスキのない身ごなしといい、やさしげで力強い態度といい、わたしには、まだ知らない、ヘンな魅力だった。

「ちょっとよかったな、ペンダントのおにいさま」

といったら、

「うん、あのペンダントは奥さんへのプレゼントかしらね、ちょっと妬《や》けるな」

と美知子もいう。

「それとも、新城あや子先生へのものかしら?」

とわたしはいった。

「新城先生と、篠崎サンてどういう関係なの?」

「わたしが知ってるわけないでしょ」

そういえば、なぜ女流評論家の新城あや子先生などと会社社長の篠崎サンなどが仲よく飛鳥史跡めぐりなんかしてるのかしら。とり合せが想像もつかない。中年の世界には、いろんなつき合いが錯綜《さくそう》してるのかもしれない。何にしてもああいう、中年のおにいさま(あるいはおじさま)の魅力にくらべたら、宏なんて何だか高校生の親玉ぐらいな感じ、部屋の入口で、

「よう、おそいぞ、どこいってた」

なんて宏にどやされたので、

「トイレよ」

とごまかしたら、

「長すぎるやないか、大のほうか」

などと、センスもへったくれもない。海の見える小屋や、蒼いバラとは大ちがい。日曜まで毎日のように、美知子とその話をしあった。

なぜ、わたしたちにそう親切を示してくれるのか、わたしも美知子もよくわからず、やっと思いついた理由は、

「変人なのよ、結局、あのおにいさまは」

ということだった。しかし、せっかくの招きではあるのと、パンジーやスイートピーやうまくいけばミニローズの一輪でももらえるかもしれないということで、ほんのちょっと、顔を出すことにした。

どうせ、奥さんや子供さんや、もしかしたらほかの招待客で、小屋はいっぱいになってるかもしれないし、また、ことさらお昼御飯をたべに来たと思われるのも口いやしい感じで、はずかしい。

「お花だけ、ちょっと見にいこうよ」

と、美知子と言いあった。

日曜は好晴で、もうあと十日もたてば梅雨のはしりで崩れそうな、最後のかがやかしい初夏だった。

わたしたちは地図を見ながら須磨公園の山手へのぼっていった。目の前に海がひらけて淡路島《あわじ》がうすく霞《かす》んでいる。神戸《こうべ》まではよくくるけれども、須磨、明石《あかし》はなかなか足がのばせない。海は汚なくなったというけれど、ここから見たかんじではプルシアンブルーだった。そして山々は燃えるような新緑、つつじが家々の垣根《かきね》をまっかに染めていた。

地図に、「×」のシルシのついている家は、お寺のように長い長い、鉄柵《てっさく》の塀《へい》がつづいていた。

「おかしいなあ」

と二人でいいあった。柵の向うはふさふさと繁《しげ》ったクスノキで、内側はみえない。

と、正門があらわれて、その大理石の標札には「篠崎」とある。

「これが、小屋?」

と美知子は唸《うな》った。

門はいっぱいにひらかれて、奥に古風な洋館がどっしりと建っていた。青々とした蔦《つた》におおわれた洋館で、それは神戸の街の山手や、郊外の、外人住宅街、ジェームス山によくある、古い異人館である。

明治のころからあるような、もの寂《さ》びた古い洋館である。

窓の鎧扉《よろいど》はいっぱいにあけられ、白いレースのカーテンが風にひるがえっていた。

庭はいちめんの芝生、その向うは花園で、その果てに青い海があった。いうなら、まさに夢のなかで見るような景色だった。

犬の鳴き声がしたと思ったら、コリーをつれた篠崎サンが、半袖のクリーム色のポロシャツを着てあらわれた。彼は今まで見たのよりずっと若々しくみえた。にっこりしてすぐ、

「バラを見ますか？　蒼いバラ」

　と彼は犬の首を、体をかがめて叩《たた》き、抑えながらいった。わたしたちに挨拶をするひまも与えないのが、物なれた感じだった。

「バラ畠の匂いが強すぎるくらいでね……この匂いで卒倒したデリケートなお嬢さんがいましたよ。あなたたちはどうかな」

「大丈夫……ね。かなり、タフよね」

　とわたしが美知子と顔を見合せて笑うと、篠崎サンは彼のくせの、人をひきこむような甘いやさしさを見せて、

「そうかな。卒倒したら介抱しますよ」

「それより、この犬……こわくないですか？」

　大きい犬をこわがる美知子がいった。わたしは犬が好きなので、コリーの首を抱きながら、きいた。

「何て名ですか？　これ……」

「マリー・アントワネット。怖くないですよ」

　彼は犬を放して、わたしたちを花畠に案内した。

篠崎は——いや、そう呼びすてにするのもへんだ。といって、おにいさまもなお、おかしい。おじさんは、彼がかわいそう。

私も金谷美知子も、彼のことをどう呼んでいいか、わからなかった。

篠崎サン、というのもなれなれしい。

社長サン、というのも、うちの会社の人ではないから適当でない。で、「ムニャムニャ」とか「あのぅ、……さんは」とごまかして呼んだりした。

しかし、ここへ書くときは「ムニャムニャ氏」と書くわけにいかないので、「篠崎氏」とする。

とかく、年長者、中年者というのは、扱いに困る存在である。

篠崎氏が花壇に向って、

「おーい、夏雄《なつお》くん」

と呼ぶと、温室のかげから、青年が立ちあがって出てきた。

青い空と、濃い群青色《ぐんじょういろ》の海をバックに、立ちあがった青年の姿に、私はあっと思った。

麦わら帽子をかぶった彼は、両腕にいっぱい、とりどりの、露にぬれる草花を抱えているではないか。霞草《かすみそう》、パンジー、スイートピー、バラ、ライラック、ラッパ水仙《ずいせん》、……。

「まあ、きれい……」

といったら、青年は近付いてきて、会釈した。眉の濃い、肉の厚い健康そうな男である。

「お嬢さんたちに自分で摘ませてあげたほうがいいだろう、それは部屋にでも飾っておいたらいいよ」

「はい」

青年は素直に、野太い声でこたえ、そのまま、邸《やしき》のほうへ歩いていく。

「ここの管理している人の息子さんでね。……あの子も、土いじりが好きで。大学の農科を出て、何か、タネの会社につとめていますがね」

花畠のそばには、ビーチパラソルと、白塗りの木の椅子があった。

花畠の一列は赤、ピンク、白のたけの高いスイートピー、一列は満開のパンジーで、あと数列はバラ、その薫《かお》りはむせかえるようだった。風が渡るたびに強い芳香が立った。

麦わら帽子の男がもうひとり、せっせと仕事をしていたが、顔をあげてにこにこと私たちを迎えた。これは、さっきの青年に似たおじさんで、きっと、父親なのだろう。

「お客さんたちに摘ませてあげて下さい」

と篠崎氏がいうと、

「はあ、どうぞ。ただ、おとついの雨で、少し、イカれましたがな。花びらがいたんだのが多いんですが、ほしいだけ、摘んで下さい」

と快くおじさんはいった。

「キャア！」

と美知子ははしたなく喚声をあげる。私だって思わず、うれしさのあまり声が出そうだったが、美知子ほど、ばかげた声は出せない。

この女はいつも少々思慮が足りないように思われる。私たちはバッグを、白塗りの木の椅子にほうり出し、お花畠へとびこんだ。

「これが、バラですよ」

と篠崎氏は機嫌よく私たちにいう。

「知ってますって！　それくらい」

「いや、このあいだね、道からながめていたご婦人が、きれいな花ですね、見せていただいてもかまいませんか？　というから、どうぞどうぞ、と入れてあげたら、喜んではいって来て、まァ、きれいなチューリップ！　と叫んだ」

私たちは笑った。

「そんなのはいくらも居《お》りますな」

とおじさんが、

「それは牡丹《ぼたん》ですか、芍薬《しゃくやく》ですか、と聞く人がおりますよ、やっぱりバラを見て」

「ほんと?」

「親のしつけが悪い」

私たちは、花びらの露にくしゃみをしながら、スイートピーとパンジーを摘んだ。風にひょろひょろと揺れるスイートピーは、私の大好きな花である。それが向うも見えないほど、咲き乱れていた。

バラは、一本一本、おじさんが丹精《たんせい》こめて作っているものだから、おじさんが花鋏《はなばさみ》で切ってくれるのをいただくことにする。

ミニローズは、うすいクリーム色の、小ちゃな、美しいバラだった。ちょうどケーキの上に飾られてあるチョコレートやクリームの花のよう、小さくても美しく、りっぱなバラである。

雨ですこし蒼いバラはいたんでいた。

「やはり公害のせいですかな。雨がふると斑点《はんてん》が花びらにのこりましてな」

とおじさんはいったけれど、蒼いバラの花びらは、目にたててみるほどの傷《いた》みはなかった。ただ、開ききってすこし盛りをすぎていたが、芯《しん》にいくほど、インキを薄めたような青さ、うす紫ともふじ色ともつかぬふしぎな蒼白さだった。それも貰《もら》った。

篠崎氏はコリーをつれて、ひとまわりしながら、私たちのはしゃぎぶりに笑っていた。

腕にいっぱい摘んで、私たちは、それを邸《やしき》のそばの小さな池の端に漬《つ》けておいた。楠《くすのき》の葉が茂っていて、そこにも、椅子とテーブルがある。

篠崎氏は、うしろから、私たちのバッグを持ってやってきた。

「手を洗って、めしにしませんか」

玄関はうすぐらく、天井は高かった。ホールの床は寄せ木で、むき出しだった。

「僕はスリッパというものは、冬しかはかないので……」

と彼はいったが、中年の婦人が、客用のスリッパを持ってきてくれた。

「お嬢さんがたは冷えてはいけませんからね、どうぞ、こちらへ……」

物静かな、気さくな、その婦人は、さっきの青年の母親であるのだろうか。どこか似ている。篠崎氏は弁解するように、

「客間というのは、昔の成金趣味がぷんぷんしてましてね、好かんのですよ、僕はだいたい、ここに、いつもいますので失礼だけど」

それはがっしりした、木の肌のそのまま出た、台所だった。今までの暗い台所をこわして、広く窓をとり、部屋をひろげて、大きな木の机をまん中においてある。

部屋の隅に、素朴《そぼく》な甕《かめ》が据《す》えられていて、そこには盛りあがるように、私たちが摘んだのと同じ花々が活《い》けられていた。明るい出窓からふんだんに、夏の光がはいってきて、出窓に置かれたガラス細工の置きもの——鳥のひとつがい——が、きらきら光った。

木の机に、婦人がまっ白なテーブルクロスをひろげた。

奥の台所から、皿を盆にのせて運んできたのは、さっきの青年だった。彼は母親の手伝いをして、グラスや箸《はし》やスプーンを運ぶ。何ということなく、私たちはご飯をたべるほうに廻り、尻をおちつけさせられてしまった。

「花というものは、華やかなものではないんですな、本来、素朴なもんですな」

篠崎氏は、部屋の隅にあふれている花をながめながらいった。

「ですから、飾りたてた部屋には元来、向かんのですよ。日本間の、何の飾りもない床の間に活けると引き立つでしょう？　しかし西洋風の、カーテンだ、じゅうたんだ、ソファだ、画《え》だとごてごてしてる間《ま》の中に、活けられた花は造花のようで死んでしまう。花が生きるのは、こんな風な、丸太小屋みたいな部屋の中なんです。——それで僕は、この部屋だけ、改造した。ほかのところは大がかりになるので、さわる気もしませんな」

青年が、ぶどう酒をついでまわった。冷たい白ぶどう酒である。

「夏雄くんも一緒にどうや」

篠崎氏がいうと、

「はァ、いただきます」

と彼はいった。白いポロシャツに、ジーパンをはいていて、はだしだった。

大皿に並べられたハンバーグ、それに白い琺瑯《ほうろう》の大鍋《おおなべ》がまん中に置かれた。ポークビーンズがなみなみと盛られてあって、とろりとしたやわらかそうな豚肉はまだ、ぶつぶつと煮えたぎり、美味《おい》しそうである。

おじさんも手を洗ってやってきた。おばさんはお給仕するといって席につかなかった。

この家の管理がてら、敷地内の家に住んでいる小林さん一家だと、あらためて紹介された。

小林夏雄は無口だが、よく動く青年で、何度も台所へはいって、サラダだの、調味料だの、それにパンや、ご飯を運んだ。

「どうぞ、どうぞ」

と篠崎氏はすすめる。わたしも美知子もおなかが空《す》ききっていたから、遠慮する気は更になかった。

篠崎氏の夫人の姿も、子供の姿も、見えない。しかし、小林さん一家のたたずまいはごく普通の、健康的な家庭の感じだったから、不安にならなかった。とくに、小林夫人はやさしい主婦代りというようすで、

「お食事がすんだら、バラのお風呂《ふろ》をたてましょうね。旦那《だんな》さまのおいいつけですので……」

とほほえんだ。

「それ、どういうのですの?」

「バラの花びらをお風呂に浮かせるんですの。いい香りがします。体に沁《し》みついて……」

「まあ、クレオパトラみたい！」

とわたしが叫んだら、みんな、笑った。

「春と秋に、ウチの会社の女の子をここへ招待しますがね……人数が多いので、風呂には入れない……知り合いの女の子が来て、バラ風呂を考えついたのですが」

「花びらが、そりゃたくさん、こぼれたり落ちたり、もったいなくて、……そのお嬢さんはいつもバラの咲くころいらして、枕につめておやすみになったり、なさいます」

「まあ、バラの枕！」

こんどは美知子がうっとり、となった。

おいしい料理と、白ぶどう酒、バラの風呂と枕のはなしに、私たちは酔ってしまった。

しかし青年は黙々と食べ、話を聞いているだけで口は入れなかった。

篠崎氏は物なれたさまで小林夫人や、小林さんと話し、私たちに珍しい話をきかせ、笑わせ、ゆっくりとぶどう酒をのみ、ぶどう酒の講釈をし、白と赤のぶどう酒をもってこさせて飲みくらべさせたりして、ゆうゆうと食事をたのしむ風だった。

そして私たちも、思わず、篠崎氏の話に聞き惚《ほ》れ、思わずたっぷりと食事をし、デザートに、小林夫人が作った冷たいババロアをたのしみつつ食べた。

青年がまた皿を下げ、こんどは私たちものうのうと坐っているわけにはいかず、台所に立っていって、一緒に洗うことにした。

「いいんですのよ、お庭であそんでらしたら……」

と小林夫人はいったけど、あまりにたくさんの皿を、青年と夫人が洗っているのを見ては、お客さまみたいにしていられない。

小林夏雄は私たちが手伝いを申し出ると、

「じゃ、たのみます」

とあっさりいって、すぐに庭に出、芝生を刈りはじめた。よく働く青年である。濃い眉と、笑うときこぼれる白い歯が、さっぱりした印象である。

篠崎氏は、いまは、玄関前の木蔭《こかげ》のテーブルを前に、煙草をくゆらしながら、ぼんやりしていた。その後姿はなぜか孤独だった。

私が洗い、美知子が拭き、小林夫人がそれを棚に収めてゆく。

どの棚をみても、おびただしい皿で、しかも格調のたかい、凝った食器ばかりだった。さらに木彫の食堂だんすの抽出《ひきだし》には、レースの縁かざりのついたリネンのナプキン類が、ぎっしりとたたまれてしまいこまれていた。

古風で堂々として、ゆたかな台所。それにしても……主婦はどこにいるのだろうか?

「奥さまは、今日はおるすですか?」

と私はたまりかねて、小林夫人に聞いた。小林夫人は私をちら、と見た。それは、どこまで私が知っていて聞くのか、それとも全然知らないでいうのか、どちらだろう、というような、思いまどう視線だった。けれども、

「奥さまは、いらっしゃいません」

と、小林夫人はやっといった。

「どうして、どうして」

とせっかちに美知子は聞く。それはまるで、おやつをせがむ子供のようであった。

「いいえ、どうしてってわけではなく……やっぱり、ご縁がないんでしょうね、結婚なさってないんですよ、独りが気楽だとおっしゃって。……まあ、いずれは、おもらいにならなければねえ。芦屋にもお家があるんですし……」

「独身なの、あのひと。まあそう、独身!」

美知子が感に堪えたようにいった。

「やっぱりおさびしいんでしょうね、お客さまが大好きなんですよ、ここへいらっしゃるときは、いつもお客さまとご一緒です」

小林夫人はほほえんだが、すると、私たちはその他大ぜいの「お客さま」の一人だったのか——私はふと思った、さっきの話に出た、バラの風呂、バラの枕を好んだという、「知り合いのお嬢さん」は、その一人なのかしら? また、篠崎氏の買ったペンダントは、その人にあげるためのもの、ものだったのかしら?

そのとき、ニコニコと夏雄が顔を出した。

「バラの風呂をたてましたよ、どうぞ！」

9

その日は家へ帰ってからも、摘んできた花を眺《なが》めてたのしかった。

ことにバラの風呂は感動的な体験だったと思う。

妹のクミ子がベッドに寝転がって本を読んでいたので、

「ねえ、バラの風呂って入ったことないでしょ、すごいんだから……」

といったら、クミ子は「少女サンデー」の漫画から目を放して私を見、

「やったナ」

といった。それからビスケットを一つつまんで口へほうりこみつつ、

「お袋にだまっといたげるからさ、ね、誰といったん？　その部屋のこと、教えてよ、どうなってた？」

と好奇心に輝いた顔でいう。

「何の話してんの？」

「だって、週刊誌によくのってるやないの、モーテルの香水風呂……でしょ？」

「バカッ」

そんな次元の低い風呂ではないノダ。

「さるお邸《やしき》の、それはそれはすてきな、大理石のおふろでね……」

浴槽《よくそう》は白い大理石だけれど、まわりの壁も天井も床も、檜《ひのき》だった。浴室のガラス戸をあけると、ムワーッとくる湯気が、もうバラの匂いだった。湯の表面にはピンクやダークレッド、白の花びらがいちめんにただよって床にもこぼれ、縁に貼りついていた。その湯の中に沈むと、肌も染まりそうな芳香を放った。

あかるい磨《す》りガラスの窓のそとは、樹々《きぎ》のみどりが映えていて、しゃぼんの泡まで、青い。

「ラー、ラー、ラララ」

なんて美知子はいい、子供のように湯から出たり入ったりして楽しんでいる。

「ちょっと、お湯をかけないで下さいね」

とわたしは湯ぶねにじっと静もっていった。バラの香りをできるだけ長く、深く、肌や髪に沁《し》みこませたいと思ったから……。

おふろから上って、化粧してからわたしたちはあいさつしようと、篠崎氏をさがしたけれど、彼はコリーをつれて散歩に出ていて、会えなかった。

「散歩にいらっしゃると長いんですよ……」

と小林夫人がいった。

わたしたちはいつまでも、この花畠のある邸で遊んでいたかったけれども、夕食の時間も近づくのに、それ以上滞在しているのも、あつかましいことだった。それで、篠崎氏を待たずに、帰ることにした。

小林夏雄が、車で送ってくれた。黒いオールズモビル、品のいい車。これは篠崎氏の乗用車で、

「駅までお送りするように、といわれましたから」

と夏雄はいった。してみると篠崎氏は、改まってあいさつしたり礼をいわれたりするのはきらいであるらしいのだ。

この夏雄くんもなかなか、よかった。ムダ口を利《き》かず、それでいて不親切でなく、駅まで送ってくれて、白い歯をちょっとみせてすぐ引っ返した。

わたしは美知子としばらく、その日の話に夢中になっていた。あんな夢のような半日が二度とあろうとは思えない。

わたしは帰っていつもその日にあった出来ごとを母にいうが、母ははじめ、菓子折をもってご馳走《ちそう》になったお礼にうかがう、などといっていたのが、風呂へ入ったというくだりで、まっかになった。

「何です、若い娘がヨソさまの風呂へ入るなんて！」

と怒りくるっていう。

「あら、ミイ子と二人ではいったのよ」

マサカ、男性と入浴するはずないやないの、とはわたしはさすがにはずかしくて口に出来ない。

何という、いやらしい想像をする親だ。

「ま、ちがいますよ、そんなことと……。だいたい、若い女の子がいくらすすめられても、ヨソさまの家で服をぬぐ、なんてことがありますか！」

服をぬがなければふろへ入れない。

「それがだらしない、っていうの、気心も知れない初めてのウチで簡単にぬぐなんて、何という、大胆といおうか、オッチョコチョイといおうか……」

大々的に叱《しか》られてしまった。そういえばわたしたちが入浴しているあいだ、服をもって逃げられでもしたら、とんだ天人の羽衣で、美知子ともどもお手上げになるところであるが、まさか、そんな人々かどうかぐらいはわかるだろうじゃないか、いかにニブいわたしたちにしたって……。

わたしと美知子は礼状を書き、会社あてに篠崎氏へ送っておいた。思えば彼の気まぐれのおかげで、ずいぶんいい思い出を得たわけである。しかしわたしたちが、彼に返礼をするには、あまりにも力がかけはなれすぎていて、結局、手紙しか、書くことがなかった。

手紙といっても、どちらも文才があるはずもなく、美知子が文章を書き（請求書か見積書のような、ぶっきらぼうなもの）わたしがマンガを描《か》いた。バラのお風呂の場面がいちばんよくかけたのだが、美知子が、リアルすぎるといい、検閲にふれてカットされた。おなかいっぱい御飯をたべてるところ、花を摘んでるところ、犬をつれてる篠崎氏、蜂《はち》に追われてる夏雄くん、など。

わたしは何か、おもしろい体験をすると、すぐ、北村優に話したくなる。いつも、心のすみっこでは、彼のことを考えている。それは宏よりも強い。貝原宏のことは、ときに忘れていることはあるが、北村優のことは、何か、決して快癒《かいゆ》しない、しぶとい持病のように、しくしくと心の中に持っている。

それで、次のデートのとき、わたしは、バラ屋敷（篠崎氏の家のことを、わたしと美知子はそう呼んでいた）のことをしゃべろうと、待ちかまえていた。

電話では、あんがい元気で、

「ああ、いくよ、うん、……」

などといっていたのに、京都駅であった優はまた、いつものつまらなさそうな顔で、ぶらぶらしている。

彼の、どこか遠くをみているような目つきや、永遠の疲労から回復できないような顔をみると、わたしは水をぶっかけられたようにひるむが、わたしをみつけたとたん、手をあ

げて、

「…………」

ニヤッとする、するととたんに気の弱そうなやさしい、善良な彼の一面が出て、わたしはいっぺんにイキイキして嬉しくなるから現金なものだ。

四条河原町まで、バスでいった。バス代は優が払ってくれた。そんなことまで嬉しくなるから、わたしも単純な女だ。そうしてその単純なところを美点だとほめてくれる男がいないのが残念だ。わたしにはたくさん、いいところがいっぱいあるんじゃないかと思うのに、誰でもいい、早く気付いて、もっともっとほめてほしい。

ほめてくれたら、わたしはバカであるからなお一そう、けんめいになって尽すと思うのに、ほめないからいけないのだ。男ってバカだ。

そんなことを考えてるうちにつく。けれどもまだあかるい夕方なので、散歩でもしようと、そのまま乗って御所の御苑《ぎょえん》内へいった。

町のまんなかに、こんな美しい松林と芝生があるのは、大阪にない京都のよさだった。

松ヤニのかんばしい香りが、夕空に流れてきて肺の底まで青くなる感じ。砂利道をゆくと、次々と松があらわれ、やがて前もうしろも松の林にかこまれる。御苑の松はみずみずしい緑で、幹はのびのびとしていた。わずらわしくないほどに、犬を連れた青年や、学生らしいひと組ふた組、老人たち、キャッチボールの少年たちにあうのも、却《かえ》って静かでよかった。しかし、わたしはのべつにしゃべっていた。美知子のペンダントのこと、バラ屋敷のこと、海のみえる鎧扉《よろいど》のある家、バラの花びらの浴室……。

「うるさいなあ」

と優は小さな声でいって、

「どうでもええやないか、そんなこと……」

どんなことが、男の子にとって、どうでもよくないのかわからない。優の考えてることはちっともわからない。

それでいて、わたしは優には好奇心がいっぱいである。わたしのいうことが、どうでもいいのなら、どうしていつもデートの約束をたがえず（優はいつもわたしより時間は正確である）来てくれるのか、それもわからない。優は腰をおろして煙草を吸った。マッチの軸の捨て場所をさがすようにちょっととまどって、わたしの服のポケットへ入れようとしたので、二人とも笑ってしまった。それほど御所にちかい砂利道は清掃されていて美しい。

「いや、ここでいちばん美しいのは塀《へい》やなァ」

と優はいう。

そういわれれば、すがすがしい長い土塀が絵に描いたようにつづいているのは、松のみどり色とこの上もなく調和しているように思われた。

「集団検診でねえ……」

と優は煙草のけむりを吐いて、いい出した。

「エ？」

「学校の集団検診でひっかかってねえ……」

と優のいうことは不景気なことばっかり、

「まあ、どこがわるいの？」

「僕、だいたい、ゼンソクの気《け》があるねん……」

わたしはうつむいて、白い砂利を指で掘っていた。

堺町御門のあたりからかしら、何かのデモ隊らしいかけ声とざわめきと、するどい笛の音色が、風に乗ってきこえてくる。拡声器でどなる機動隊の声。京都の警察はデモ慣れしていて、規制するのがうまいというけれど、ひっきりなしに命令し、指図《さしず》している。それに負けまいとするように気勢をあげてるデモ隊。優はそんな人々の中にもはいらないのだろうか。あの学生たちのようにどなったり、怒ったり笑ったりすることがあるのだろうか。

「それで、入院とか何とか、しないといけないの？」

「いや……まあ、あんまりきつい仕事はでけへん、というぐらいやけど、就職のときはひっかかるんやないかねえ」

「マアちゃんの話、いつ聞いても、首くくりとうなることばっかりやわ……」

わたしは気が滅入《めい》ってしまった。

「ごめんよ、ほんまいうたら、君やさかい、こんなん言えるねん……君の顔みたら、いつもノンキそうやさかい、ついいいとうなるねん、安心していえる気ィする」

「そうかァ」

そこもあるか、とわたしはすぐ思ってしまう。優はきっと、わたし以外の人間には、景気のいい話ばかりするのだろう。そして、わたしにだけはうまくいかなかった話をするのではなかろうか。ほんとの心の底の話、ゆううつなことや、泣きごとや、不景気な話や、心配ごとを……。そして、心の重荷をわたしに半分背負ってほしいと思うのかもしれない。

「いこうよ、マアちゃん、お酒飲んだら元気がでるわ」

「うん、いこう」

優は素直に起《た》ち上った。彼の綺麗に刻まれた鼻やくちびるが、澄んだ夕空をバックに影絵のように美しい。彼は手をとってわたしをひきあげた。

四条河原町の「赤ふん」はやっぱり学生でごった返している。デモ帰りもいるのか、ヘルメットが入口にごろごろしていて、見おぼえのあるぶあいそなサッちゃんが、髪を白いネッカチーフでつつみ、サンダルを鳴らして忙しそうだった。わたしたちは学生を避けて階段下のテーブルへひっそりと坐った。

お酒が入ると優は急に元気になった。顔色はかわらないけど、眼付きにちょっといきいきした光がみなぎった。

「今日はゆっくりしてもええのん？」

とわたしにいう。

「いつもの時間ぐらい」

「僕の下宿へいこか？」

わたしは優からそんな誘いを受けたのははじめてだった。下宿がどこにあるかも知らない。住所は聞いてるけれども、たずねていったことはない。

「いいの？」

「酒を飲み直そうよ。僕、ここももう、ガタガタしてやかましくて、いやになった」

サッちゃんが来て、注文した料理をならべているあいだ、優はそんなことをいうのだった。サッちゃんは相変らず、にらむように優をみて、わたしには目もくれなかった。

あっさり飲んで店を出た。優はだまって出てゆく。わたしは勘定を払った。

「わァ、雨や……」

いつのまにか、京都の夜の四条河原町は濡《ぬ》れていた。

「ええわ。タクシーでいきましょうよ」

「雨はきらいや。女よりきらいや」

などと優はいう。

「雨なら、またこんどにしようか？」

「いやよ、いきましょうよ、マアちゃんの下宿……」

10

優のいまの下宿は、中京区のはずれだった。昔、白縮緬《しろちりめん》の卸問屋をしていたという老夫婦が、二人でひっそりと住んで居《お》り、その離れの茶室が、優の部屋である。ここの老夫婦の息子は勤め人になっていて、一家をあげて東京に住んでいるそうだった。

玄関をはいると、たたきに新聞紙が敷きつめてあって、ばさばさと音がする。

「コンクリートを塗りかえたの？」

とわたしはいった。優はおかしそうに、シッといって、

「どうしてか知らんけど、前から、こんなん敷いたァるねん。……たたきが汚れるとでも思てんのとちがうか、倹約家《しまつや》やから」

「ふしぎなおうち」

二人で抜足差足《ぬきあしさしあし》、ばさばさの新聞紙の上を歩いて、上へあがる。優の部屋は廊下のつき

あたりを右へ、中庭に沿った茶室だが、廊下はみしみしと音がするし、かなり古びて、傷《いた》んでいる家だった。

もう仄暗《ほのぐら》いが灯の色もなく、家の奥はしんとしている。人の気配もしないが声をひそめて、

「食事つきなの、ここは?」

「うん。自分で作ることもあるけどね。年よりやから夜が早うてね、晩飯《ばんめし》五時ごろ食わされてみ、夜十時ごろになったら飢え死にしそうになる。ラーメン作って食うたりしてるよ」

わたしたちは、優の部屋で小声で話し合った。部屋の中は机とスタンド、そのほかは綺麗になんにもなかった。壁には見おぼえのある色のシャツが吊《つる》されていた。

「本がないやないの」

「押入れにかくしてる。何読んでるのか、人に見られるの、いやなんや——まあ、めったに人は来《け》えへんけどね」

「わかった、何読んでるか」

「ポルノと違うぞ、そう思たやろ?」

と優はいい、二人でわらった。

優は出ていってしばらくすると、一つの青りんごと果物ナイフを持ってきた。冷蔵庫に

でも入れてあったのか、冷たい露に濡れている。優は机の上でそれを二つに割り、一つをわたしにくれた。床の間には衣類を入れた衣裳函《いしょうばこ》があったので、それにもたれて二人は食べた。さくさくとぼけた味のりんご。優は手にした果物ナイフを弄《もてあそ》びながら、

「僕、これで死んだら君は……悲しむ?」

「べつに」

とわたしはいった。

「でも下宿のおじさんとおばさんは悲しむわ、きっと」

「どうかな」

「だって、畳をかえんならんやないの」

優はすこし笑った。

この部屋には荒廃の気配がただよっていた。

部屋の傷み——天井のシミや、床柱の上のクモの巣や、襖《ふすま》が破れて骨が出ている上を、新聞紙で補修してあるのや、……そういうざらざらした部屋のたたずまいと別に、住む人の心は投げやりになってる。それを感じた。その感じは、優自身から受ける雰囲気と同質のものであった。

男の住む部屋へはじめて足をふみ入れるというわたしの華やぎを裏切るように、それは不安な、沈んだ退廃感である。

優は、

「失礼」

といって押入れをあけた。と、いっぱいに押しこめられていた本が下段から崩れ落ちてきた。原書や字引や、ノート類、単行本、小説やら戦記物やら、雑誌、マンガ週刊誌、「少年マガジン」、自動車の本……。優はそれらを足でどけて、上段の蒲団の上に乗っかっていたシャツをひっぱり出した。

「濡れて気持わるいから着替えるよ」

わたしは優のきれいでなめらかな背中が一瞬見えたので、あわてて反対向いてマンガを読んでいた。

優は着替えると腹匍《はらば》いになって寝ころんで煙草を吸い、

「ああ……さびしい」

といった。

京の家らしく、通りから奥ふかいので車の音もしない。暗い廊下の奥は闇《やみ》に消えていて、中庭のひそかな雨音だけが聞える。

さびしい灯、さびしい机。

「こんなとこにいたら、マアちゃん、それはさびしいわよ……もっとにぎやかなところへ移れば？」

「にぎやかなところは頭にくるのでね。まだここの方がええ。君は、さびしいと思うことはない?」

「いいえ。あるわ」

わたしは静かにいった。優のそばにいるとき、一ばんうれしいくせに、一ばんさびしいのだった。優の気持が、もう一つつかめないから……。

「さびしいわ」といったら、

「さびしいね、おたがいに」

優はわたしをかえりみていった。それでわたしは彼の横へ寝ころんで、頭を彼にすりつけた。あっというまにキスになった。どっちから手を出したのかわからない。

(とうとう、マアちゃんとこんなになった、こんなになった)

という考えで、わたしのあたまの中は一ぱいだった。優は身を起して、わたしの背に腕をまわすようにして起させ、もういちどキスをした。こんどのは最初の飢えたようなキスと違って、情《じょう》のこもったしみじみしたものでずいぶん長かった。

「いつも、レイ子がそばにいてくれるとええねんけどな」

優は床柱に背をもたせていった。それは見通しもつかぬ闇の奥から聞えてくるような、深い深い声だった。体の内の奥からアルコールの酔いとはまたべつの、薫《くゆ》りの濃い酔いがたちのぼってきて、わたしの身も心も染めた。優の素直な言い方が好きだった。

「あたしもマアちゃんのそばにいたい」

わたしは優の胸に顔を埋《うず》めた。はじめて腕をまわして抱きしめた優の体は、服の外から見るよりは骨組みががっしりしていた。

わたしは若い男らしい、優の体臭が好きだった。目をつぶってその匂いを吸いこんだ。その一方で、わたしの心の半分は眼をあけていた。そして時計を見たり、（もう汐時《しおどき》でっせ）と、わたしのお尻をつついたりしている。しかしその声は弱い声である。わたしは優に賭《か》けていた。優が、わたしに泊れよといえば、わたしは泊るかもしれない。父や母の顔をチラッと思い浮べながら、わたしはそれが障害にならないわたし自身の、自分でも知らなかった手ごわい心におどろいた。

しかし優はわたしをみて、

「出ようか？」

といった。

それはほんの二、三分前とは全くちがう、男の声だった。「マアちゃん」「レイ子」という友達同士の声でなくて、男が女にいう声だった。

優は何かをふり払うように勢いよく立ち上った。それから散乱した本を足で押入れに入れようとしたが、無理なのであきらめて、そのままにして、部屋の灯を消した。

廊下を渡って玄関へ出るとき、わたしは暗い奥で人の気配を感じた。

「婆《ばあ》さんが、じっと観察してるよ」

と優は笑った。

雨はあがっていた。あたりの道は暗い。四条通りへ出るまでわたしは優の肩にあたまをのせるようにして、もつれて歩いた。わたしの髪は乱れて優の頬《ほお》にまつわり、わたしの肩は骨張った優の大きな手でしっかり、摑《つか》まれていた。

「レイ子は寝顔が可愛《かわい》いやろな。見たいな」

優がふと、そんなことをいうので、わたしは赤くなった。彼はそんなことをいうような男ではなかったけれど、優がいうときれいな言葉になった。

暗い堀川《ほりかわ》をわたり、蛸薬師《たこやくし》通りの小さな鮨屋《すしや》へいった。ビニール布でテーブルを掩《おお》ってあるような、また、アルミのパイプとプラスチックでできた椅子が、コンクリートの床に並んでいるような、安直な鮨屋だった。タクシー運転手のような感じの男たちが二、三人、集まって食べていた。ここは鮨もどんぶりものも、てんぷらもできるらしい。優のつれていくのはいつも、こんな店である。篠崎氏のバラ屋敷とは天と地ほどもちがう。

クーラーがはいっていたが、寒いくらいだった。

優はそこで、たてつづけに飲んだ。ろくに食べず、飲みに飲んだ。みると、彼の手は震えていて、徳利から盃《さかずき》につぐとき、こぼしているのだった。

わたしの視線に気付いて彼は、酒をコップにあけ、コップ酒にした。

「マアちゃん、そんなに飲んで大丈夫?」

「ああ。僕、ほんまはかなり飲むんやで、毎晩」

「どうしてそんなに飲むの?」

「ほかにすることがあるか? 家庭教師のアルバイトの金、みんな飲んでしまう」

「アル中になったらキライになるわよ」

「きらわれても止《や》められへん」

優はふと、

「兄貴の病院へ、あしたは行ったらな、いかんなあ。市民病院へ入っとんねん……あ、親爺とお袋なあ、大阪へ出て来てんで。……守口《もりぐち》のアパートに居《お》るねん。親爺、工場の守衛やって、お袋は中華料理屋の皿洗いやっとんねん」

わたしには返事のしようがなかった。

その店を出たけど、優はとてもいやらしく酔っぱらってしまった。

「煙草、買《こ》うてこい!」

とわたしにどなり、

「オイ、レイ子、金を貸せよ!」

とわたしのハンドバッグをとりあげたりするのだった。わたしは五百円を渡した。すると、優はわめくようにバッグを奪い返し、

「もっとくれ！」

といった。冗談をいっているのだと思ったら、ほんとに財布から千円出して、ズボンの尻ポケットへ入れてしまった。

それからちょっと手をあげてわたしの顔も見ず、（つれないそぶり）

「バイ」

とひとりで背をみせて歩いてゆく。その長身はよろよろして、たよりなげだった。

優と会っていて、いつも不安定な、あやふやな気がするのは、そのためだろうか。いつも奇妙にたよりない、信じきれない気がする。

そして、その故《ゆえ》にこそ、いつまでもわたしは優をきらいになれないのである。どんなにされてもきらいになれないのである。


中村たみ子と笠井くんの結婚のお祝いは、会社の恒例によってお金で渡すことになっているが、とくべつに、有志だけで、何か品物のお祝いをすることになった。

お金が集まったので、品物を見にいくことになった。おふじさんは任すわといい、わたしと美知子に任されたが、美知子は用事でいけない。杉本まり子は冷たく、

「ごめん蒙《こうむ》らせていただきます」

清瀬くんはのんびりと、

「よきに計らえ」

そんなん、いうくらいだったらべつに有志一同としてお金を出さなきゃいいのだ。しかし雪村課長も金一封をお祝いしているのだから、適当なものを見はからって贈らねばいけない。

笠井くんに聞いたら、よだれのたれそうな顔をうれしそうにほころばせッぱなし、

「いや、もうそんな。しかし、いっぺん、たみ子サンと相談します」

なんていった。たみ子はもう会社を辞めているのだった。

笠井くんの話では、何かいつまでも記念になるもの、というので、飾り物とか置物、花瓶のたぐいがいい、といった。平凡だけれど、自分で買おうと思ったら、なかなか買えないから、という。

わたし一人で行けないから、日をあらためて、美知子の都合がよくなってからいこうと思った。

すると、貝原宏がやってきて、

「何やったら、二人で、梅田の地下街でも見にいこうか?」

と誘った。

「うん、そんならそうしょうか」

わたしも、相手が宏ならよかった。いや、正直をいえば美知子よりいいともいえる。わ

るいけど。

「よし、そんならあすか、あさって。お金とメモを忘れんように持っていってや」

メモというのは、お金を出した有志の名前を記したもの、「御結婚御祝」の下に、上下二段になってびっしり名前を書きこむ、アレのことだ。

「それから、僕――」

いいかけて宏はふと口ごもり、

「その、あとでええよって、庄田さんにちょっと話あんねん」

「あたしに?」

わたしはそういいながら、なぜか優のやわらかな唇を思い出して、あかくなった。

11

そのあくる日だ。

おふじさんこと、今宮富士子女史が倒れた。

腎盂炎《じんうえん》ということだ。会社へ通知があったのは、アパートの管理人からだった。

早耳の杉本まり子が聞きこんでしゃべったところによると、おふじさんは朝、猛烈なさむ気と高熱と腰のいたみにおそわれ、ひとり暮しのことでどうにもできず、隣室の人はもう出勤したあととて誰も気付いてくれない。起きて管理人のところへいくこともできない。

誰かにきてもらおうにも声も出ない。

おふじさんはひとりで唸《うな》っていたそうである。

幸い、小さな子供がその唸り声にきづき、子供ごころにも異常を感じてママに告げたので、その主婦は管理人を呼びにいってくれたそうだ。

そして管理人と合鍵ではいり、おふじさんを発見して、いそいで医師の往診をたのんでくれたそうである。

おふじさんはすぐ入院させられたという。

「ひとり暮しってたいへんねえ」

とわたしたちは顔を見合せた。今まで考えたこともなかったけれど、今更のように、女ひとりで生きているおふじさんのえらさというか、けなげな心根に衿を正す気持になった。

入院は少なくともひと月はかかるという連絡だったそうで、わたしたちはおふじさんの仕事をみんなで分担するよう、係長に指示された。

退《ひ》けてから、大阪市の東はずれにある病院へ見舞いにいく。片町《かたまち》線という電車はわたしは、乗ったことがなかったけれど、下りてみたその町は、何かとりとめもない、ほこりっぽい、殺風景なところだった。

わたしと美知子とまり子で、病室へはいると、おふじさんは少しむくんだ顔でこっちを見た。いつもは綺麗に束ねてある髪が、枕に乱れているせいか、とたんに病人くさくみえたが、事実、おふじさんは弱っていた。

「仕事のひきつぎをしないといけないけれど……」

と弱々しくいうのだが、看護婦さんに長居はいけないと、とめられていたので、

「ゆっくりでいいわよ、そんな、気を使わないで寝てらっしゃい。よっぽどわからへんようになったら、聞きにくる」

とわたしはあわてて止めた。

この病室は二人用で、衝立《ついたて》の向うは四十くらいの女性だった。この人は何の病気か、慣れたふうにひとりで起きてそのあたりをごそごそ片づけ、わたしたちにも愛想笑《あいそわら》いをし、自分一人でお茶を淹《い》れて飲んだりして、勝手知った風情《ふぜい》である。そうして、

「よろしいよ、わたしがこの方に気をつけてあげますから心配せんでよろし、あんた方、妹さん？　ああそうお友達やのん、そう、ご親切ねえ」

などという。わたしは見るからに重病人みたいなおふじさんが、このおばさんの饒舌《じょうぜつ》で、よけい悪くならないかと心配した。

美知子が、お花を持ってきたが、花瓶もなく、備えつけのバケツに水を入れてお花を漬《つ》

けている。

「何かほしいもの、あればもってくるわ」

　とわたしがいうと、

「ここはねえ、完全看護で、食事も、病気に合せた献立が出てるの。……そうそう、少し、取りにいってほしいものがあるわ、わたしの部屋に……」

　おふじさんは小さな声で、その品々をいった。女のこまごました身のまわりのもの、ガーゼのハンカチとか、口紅、クリーム、手鏡、それに着替えの下着のいろいろ……。

　美知子が手帖に控え、

「まりちゃんはアパートを知ってるわね?」

　とおふじさんがいうと、

「大丈夫よ、わかってます」

　まり子がうなずいた。おふじさんにいつか招《よ》ばれて、ご馳走されたことがあるそうだ。

　おふじさんは枕頭台《ちんとうだい》のひきだしをあけるようにわたしにたのんだ。——そこには、おふじさんの全財産といわないまでも、かなり大事そうな書類や銀行通帳などを入れたらしい、紫色のモロッコ皮のセカンドバッグがある——そこから鍵をとり出して、わたしたちに渡した。ちいさな、簡単な、赤いリボンを結びつけられた鍵。この鍵はおふじさんの生活と女の夢を象徴しているのだ。ひとりぐらしの女の部屋の鍵。

わたしは、紫色のモロッコ皮のバッグが少しくたびれて、手ずれてなじんでいる、その感じと共に、おふじさんの長いひとりぐらしを思わずにはいられない。――急に、おふじさんに対していとしい気持が湧《わ》いてきた。いつもはこわい人だと思い、近よりがたい人で、その中にはちょっぴり、ハイ・ミスへの優越感というか、差別感みたいなものがあって、べつの世界の人だった。

それが、美知子と同じような、身近な人になった。

「じゃ、すぐとってきます。近くやから……」

とまり子が勢いこんでいい、しかし一人でゆくのはいけないので、わたしがついてゆくことにした。美知子は残るといった。主《あるじ》のいない部屋にたくさんで上りこむのはつつしむべきだから、そのほうが良識的であろう。

ちょうどそのとき、清瀬くんがあらわれて、

「いよッ。寝こんでますます美人になりましたな」

などといいつつ、おふじさんのベッドに近よってきた。

この清瀬くんはおふじさんとウマが合うのか、よく一緒に冗談を言い合っているので、こんなときには恰好《かっこう》の相手であるから、美知子と二人でしばらく、おふじさんのそばにいてもらうことにした。出てゆくわたしたちに、

「ごめんなさいね、お世話になって」

とおふじさんはまだいっている。

独立独歩というのも、何という疲れるものであろう。病気になっても、やはりそういう言葉で、人にお愛想をいわなくてはならないなんて。

わたしは、おふじさんが、哀れでたまらなくなる。同時に、病気のときはもっとむっつりと、いばって、気むずかしげにしてた方がおふじさんらしいのに、とも思ったりする。いつものズケズケといい、闊達《かったつ》に笑い、自分の意見を押し通し、言いかぶせるおふじさんだったら、そのほうが似つかわしいのに。

アパートは、ほんとにものの二百メートルほど先にあった。モルタル塗りの、いかにも個人が退職金でたてたというような、小ぢんまりしたアパートである。

「三楽荘」なんて名前がついている。三つの楽しみとは何だろう?

まり子は管理人さんの部屋へいって話していた。眼鏡をかけた管理人のおじさんが出てきてわたしを首実検するように見、やっと二階へ通してくれた。端っこの南側で、まり子が鍵をあけるとき、ちょっとひまが掛った。

「その鍵、まちがいないのかしら?」

「これ、コツがあるんやて」

などとコテコテ廻している。やっとあいた。きちんと片づいていて、カーテンの華やかな色がまっ先に目に入った。

六帖《じょう》に台所がついているだけだが、台所の板の間がわりに広いので、そうせせこましくはみえない。

「おふじさんて、家に金かけずに貯金する方なんだって」

まり子は主のいない部屋を無遠慮に歩きまわりつつ、ついでにあそこをめくったり、こちらをあけたりしていう。

しかしわたしにはとても家具調度がそろい、掃除もゆきとどいてみえた。余分なものはないけれど、女ひとりのちゃんとした暮しぶり、ということがひと目でわかる。

おふじさんの整頓《せいとん》がいいので、たのまれたもののあり場所は、（首をつっこんで闇《やみ》の中からものを引き出すようなこともなく）すぐわかった。花瓶もついでに持ってゆく。わたしが風呂敷に荷物をまとめているあいだ、まり子は洋服だんすをあけてみて、

「あれッ、こんな服いつ着るんやろ？」

とピラピラしたスパンコールのいっぱいついた、青いパーティドレスを出して叫んだ。

おふじさんの秘密をかぎまわるようだからわたしはいい気持じゃなく、

「やめなさいよ」

といいつつ女のあさはかさ、つい、眼がそちらへいく。

「ね、ね、こんなのもあるよ」

と出してきたのは、真ッ赤なパンタロン、上下とも金色のボタンが飾りについたりし

て、さぞおふじさんが着こなしたら似合うだろうけれど、もちろん会社へ着てくるわけはない。

「へえ……かなり派手なもんを着てるのね、プライベートな生活じゃ」

まり子は、美知子ののんびりやとは打ってかわって、少々人のわるい所があり、ほっとくと、屋根裏まで家《や》さがししかねない。

わたしにだって好奇心はあるけれど、やはりおふじさんのひとりぐらしの内実までをのぞくのはわるい気がする。それと共に、こわい気持もあるのであった。

颯爽《さっそう》として肩で風を切ってあるいていた、いさぎよく強いおふじさんが、スパンコールのついたパーティドレスを着たり真ッ赤なパンタロンを着る、それはすばらしいが、ほんとうに人前で着て歩いてるのか。もしかしたら、深夜、ひそかに孤独なファッションショーをやってるのではないか。

でもそんなことを考えると、おそろしくなるのだ。

それは、自分もそんなハイ・ミスになるのではないかという漠然《ばくぜん》とした不幸な予感である。

わたしたち若い娘はいつもそんな不吉な想像から目をそらそう、そらそうとしているのに、目前に未来をつきつけられるとふるえ上るのだ。

おふじさんは広島の遠い山の中の村の出身で、こちらへ来て久しいひとりぐらしで、身うちの援助をあてにできない。ひとりぐらしの憂愁は、部屋の中におもくるしくたちこめているようで、そのおもくるしさにわたしは中毒した。

わたしは率直なところ、いつも、両親の家から出て一本立ちしたい願望をもっている。しかし両親は、結婚するならともかく、女の子が一人で部屋を借りて生活する、などということはゆるさない、という。蒲団も往々にして自分で上げないような人間が、一人で生活できるはずない、と母は確信的にいう。

何より経済的に、無理である。今の給料では、部屋を借りたらあとは食べていけなくなるだろう。しかしそういうことはともかく、わたしは女のひとりぐらしにあこがれているのだ。

自分の部屋、自分の家具、自分の窓、自分の花、自分の人生。……愛も人生も、ひとりで暮すことから、ほんとうになって、歩みはじめる気がする。

親爺やお袋の顔のあるところじゃ、まだ自分の夢ももてない。尻に卵の殻《から》のくっついたヒヨコ同然だ。

お袋に一喝《いっかつ》されると、とび上るまいと思っても、とび上ってしまうところがある。われながらイマイマしい。

しかし、女ひとりの生活の実態は、おふじさんの部屋のように、どことなし、憂愁に隈《くま》どられているものなのだ。

「ああ、でもやっぱり、ひとりぐらしって、いやね」

とまり子はいった。

「三楽荘なッて何だろ?」

わたしはふいに何だか気になってつぶやいた。

「酒、麻雀《マージャン》、競馬じゃないの? ウチの男のひと見てると、老いも若きもそうね」

「若い人は、酒の代りにゴルフかもしれへんわ」

とわたしはいった。

「何にしても、男の道楽のことかな、三楽って」

「女は、孤独、病気、貧乏じゃない? 三苦——なあんて」

まり子は荷物をまとめつつ、主のいない部屋で大声で笑う。

「おふじさんも、自分の手相よくみればいいんだ。ヒトの縁談占ってるよか、自分の三苦に気をつけなきゃ」

まり子は毒の感じられる口調でいうが、これは彼女のクセである。

おふじさんの病室へかえってみたら、おふじさんは食事のすんだあとで、むくんだ顔で眠っていた。枕もとに品物と鍵をおき、そっと部屋を出る。

清瀬くんと美知子は、看護婦さんに追い出されたといって、正面の待合室に二人並んで坐っていた。

ていう。


「美人薄命っていうけど、おふじさんはやっぱり、寝てても色けあるね」

と清瀬くん、美知子は病院の食事があんがい美味《おい》しそうだったのでショックだったといっている。


「何がショックやのん?」

「だって、あれやったら、ウチの会社の食堂よか、ええもん。あたしも入院したいな。そしたら、色けあるとか何とかいわれてさ、毎日おいしいものたべられて……あたし色々やったけど、まだ入院いうの、したことないのよ。それと、寝てて美人といわれるの……」

おふじさんは病美人《やまい》というのか、色白く、顔が小さくなって寝ていた。

夜、わたしは自分の部屋へひきあげてから考えたのは、優のことだった。おふじさんの部屋を見たとき、わたしは優の部屋の殺風景と重ね合せて見たのだった。押入れに乱雑につみ重ねられた本。

酔っぱらっていた優。

そこには、わたしのついていけない、はいって埋められないミゾがある。深いものが横たわっていて、わたしがいいかげんな慰めことばをかけても、ちっともこたえない、手傷が、ひりひりしているようだ。

おふじさんの部屋にあるものは、孤独だった。病床にいて、やっぱりわたしたちにお愛想をいわずにいられない、ひとりぐらしの人間のせつなさみたいな、そんなものがわたしに、優の孤独を思い知らせてくれた。

優はわたしには、いやなことや辛《つら》いことをいうことができるのだ、といったけれど、ほんとうは、それも、奥底まではできないのではないか。

わたしにもいえない、憂鬱《ゆううつ》な思いや、厭世《えんせい》の思いがあるのではないか。

それでなければ、いつも優にあうとき感ずる、もどかしい、間に一枚、膜のはさまっているような感じは、感じないはずである。

まさかと思うけど、わたしは優が、この前会ったとき、もし死んだらどうする、などといってたことを思い出した。

わたしは便箋《びんせん》をひっぱり出したが、書けなかった。たった、二行しか。

「マアちゃん、
死んだらあかんよ」

12

「今日、時間ある?」

と貝原宏にいわれたので、先くぐりしてわたしはいった。

「あるけど、このあいだのように気をもたせるだけ、なんていやよ」

「いや、今日は絶対にそういうことは……」

「ない、というのね」

「ハッ」

なんていっている。このあいだ、笠井くんとたみ子の結婚祝の品を一緒に見にゆき、博多《はか》人形を買ったのはいいが、その大きな包みを抱えたまま、うろうろしたのだ。はじめの喫茶店は音楽がやかましいといって出、次の店は客が少なく、ウエイトレスの少女が二、三人固まってこっちの話に聞き耳たてているといって、宏の気に入らず、御堂筋《みどうすじ》を歩くには荷物が邪魔になり、暑くてのぼせてしまった。二階へあがる喫茶店があったけど、階段が狭くて荷物がつかえてのぼれず、とうとう、パン屋さんの店頭でコーヒー牛乳なんか立ち飲みして帰り、わたしはもう、むしゃくしゃして宏にイカっていた。話があると誘った以上は、男らしくさっさと切り出してほしい。

あっちこっちとひき廻しただけで、

「やっぱり、やめるわ。今度にするわ」

というのだから、不甲斐《ふがい》ない。

「いや、あのときは、庄田さんが怖い顔してたから」

なんて、まだ女のせいにするのか、男の責任ではないか。しかしわたしも、緊張してドキドキしていたかもしれない。

それは宏の話の内容を、あれこれ想像していたからである。

今夜は美知子と帰るつもりであったが、そして彼女と二人で、おふじさんを見舞いにいく約束だったが、おふじさんのほうはべつにいそがないのだ。席に帰ってみると美知子は帳簿のかげでアゴのはずれそうな大欠伸《おおあくび》をしていた。

「今日はだめ、またにするわ」

というと、美知子は涙をためた眼でうなずき、ハンケチを出して汗と涙をふき、ついでにもう一つ欠伸をしてかくした。杉本まり子のように、どうして？　誰かとデート？　などとせんさくしない。抜けてるのか、おうようなのか。とうとう席を立ってトイレにいった。

宏ともろともに出たりするとうるさいから、別々に出て、梅田の三番街の喫茶店へいく。宏は今日はクリーム色のシャツを着ていて、すっきりしてみえる。

課のだれそれがアメリカへいくの、だれそれは東京へ転任になるらしいの、と宏はのんびりしゃべっている。笠井くんのアパートへお祝いをもっていったら、ちょうど、たみ子さんが来ていて、喜んでご馳走してくれて……。

「あのう、話ってそんなことやったん？」

とわたしは遮《さえぎ》っていった。

「せっかちやなあ」

宏はやたら煙草をふかしていた。

あたまの上に、オモチャの小鳥が吊《つ》り下げられていて、きれいな声で時々啼《な》いた。ゴムの木の鉢植（これはほんもの）がずらりとならんでいるので、熱帯の森の中にいるみたいで、極彩色のオモチャの小鳥も、ほんもののようにみえた。

「あのう、どこからしゃべったらええかなあ」

宏は、あたまに手をやった。

わたしも、あたまに手をやりたかった。（どんな顔して聞いたらええのかなあ）

宏の元気そうな、くりくりした、明るい顔や、朗らかで真率らしい濃い眉《まゆ》を見ていると嬉しくなってくる。

何をいい出すか、わかりそうな気がする。いいことは早く聞きたい。

「前から、いおう、いおう、思ってたんやけど、なかなか、いい出しにくうて……」

汗をかいてる。その汗は額ぎわで、清らかにキラキラ光っていて、いかにも若い男のそれらしくて、きれいな汗である。

「つまり、そのう……」

宏はとうにコーヒイは飲み干していたので、水を飲んだ。

早く言ってほしいな。そしていいところはくりかえし、二へんほどハッキリ、発音してほしい。

わたしはとどろく胸を押ししずめてコップの中の水を見ていた。そうして、宏は、わたしのどこが気に入ったのだろうかと、考えていた。

「僕、庄田さんに……」

「ハイ」

わたしの返事は、催促のかけ声である。そこまではわかった。そのあとを早くいえ、というのだ、ぼんくらめ。どうして肝腎《かんじん》のところでいつもつかえるのだ。

「庄田さんに頼みたいこと、あるねん」

わたしの首は餌《えさ》をあさる鶴《つる》のごとく、前へキュッと伸びた。

「あのう、ちょっと教えてくれませんか」

わたしの目はまん丸になった。学生時代のカンニング以来、わたしにものを教えろと頼む人間なんていない。

「誰か好きな人、いるのかなあ、金谷さんに」

「いませんよ、いません、あたしには……」

と夢中で叫んでわたしはギョッとして、

「金谷さん?」

「そう、ミイ子に、誰かいる?」

「ミイ子のことなの、ああそう」

「約束した人とか、仲のいい子とか、……庄田さんは金谷さんの親友やろ、そんなことみんな知ってるのとちがうかなあ」

「あ。ミイ子のことが聞きたくてあたしを呼んだの。話ってこのこと?」

「金谷さんって、女の子に似ずのんびりしてるとこがええなあ。笑うときもこうやって……おたふくみたいな顔する」

宏の方がいまは夢中になっていた。彼は肩の一方をそびやかし、片頬《かたほお》をそこへつけるようにして、

「フフフフ……なんて、こんな笑い方するね」

美知子がほんとにそんな笑い方をするかどうか、するかもしれないが、わたしの知ったこっちゃない。それに、いい年をした大の男が、肩をすくめて首をかたむけて、フフフ、なんて女の笑い方のまねをしてるなんて、バカに見えるのだ。何もホカの女の前で、わざわざそんなことをしてみせなくてもいいのとちがうかしらん。見ているのも不愉快だ。大欠伸して眼に涙ためてハンケチでふいてる美知子を見たら宏は何というであろうか、ホカの女に惚《ほ》れてる男は、みんなどッか抜けてみえる。

「そうやったの、貝原さんミイ子が好きやったの、ふーん」

「いや、その、ハッキリいわれると困るけど、あの人、誰かもういるのか思てね……」

わたしはもう一分だってこういう席にいられない。

「おっとりしてて、のびのびしてて、ね、何となくおかしいな、金谷さんは。そう思わへんか……」

あたまの上でオモチャの小鳥がいい声で啼いていたけど、わたしはもう立ち上っていた。わたしは忙しいのだ。ヒトのことにかまっちゃ、いられないのだ。

「ミイ子は誰も好きな人いないと思うわ、でももし、貝原さんとミイ子の橋渡しをしてくれなんて、そんなピエロみたいな役割やったらごめん蒙《こう》むるわ、もし何やったら、貝原さん自分でアタックしてみたらどう」

「うん、うん」

宏はあわてていた。

「ただね、僕のこと、何ッか金谷さんはいうてないか、と思って。噂が出たことなかった?」

そんなところも宏のぬけたところだ。なみの人間ならはずかしくていえないようなことを、ヌケヌケとしゃべる。そうしてニコニコしていた。わたしは先に出てどんどん地下街をあるいた。いつもはよく知っている地下街が、いったいどうなっているのか、迷路のように思えてさっぱりわからない。やっと電車のホームへ出たけど、電車のガラスに映っている自分を見たら、とてもみじめになって情けなかった。宏に、というより自分自身に腹が立つ。

宏が金谷美知子に好意をもっているなんて考えてもみなかったが、それだからといって わたしが宏を咎《とが》めだてする権利はないのだ。わたしは宏と何の約束も確認もしていないのだから。

翌日、出勤して、湯沸し室にいたら、

「お早う」

と美知子が来た。

わたしは早速、宏のことをいった。恥ずかしがるか、さりげないふりで鼻であしらうかと思いのほか、

「キャーッ、ワァーッ、それ、ほんと！」

と美知子は床を蹴《け》ってとび上った。

手放しのよろこびよう。まるで宝くじの百万円でも当ったみたい。

「ミイ子、貝原さん好き？」

「さあ、ようわからへん、今までそんな考えたことなかったけど、これから考えてみる、やッたァ！」

美知子は満面、笑みくずれてお多福のよう、しかし何となく、どことなく、ふしぎな雰囲気で、そういうわたしも、どこがおかしいのかわからない。でも、こんな風なのは、やはりヘンだと思われる。男に気があると仄《ほの》めかされて、宝くじの当ったような喜び方をす

る女も、何かがへんだ。前々から好きだったのならともかく、これから考えてみるというのもおかしい。わたしは業腹《ごうはら》なので、あとはほっといた。おひるにわたしと美知子が湯沸し室にいると、宏がのぞいた。

手招きして美知子を呼んでいる。美知子はわたしに気がねもなく、大声で、

「何の用？」

とうれしげに一つ跳ねて出ていった。

湯沸し室には杉本まり子もいたのだが、あまりあけすけなので、さすがの千里眼のまり子も気がつかないのか、平気な顔でお茶をすすっていた。

ひけてから美知子は、今日は宏と帰るのでおふじさんの見舞いにはゆけない、といった。好きになるかどうか、これから考えるのだから、資料はいろいろあつめなければいけないという。しかし美知子も宏が気に入ってるといわないまでも、きらいではないのはたしかであるから、わたしはあほらしくなってきた。

ひとりで見舞いにいったら、おふじさんは静かに眠っていた。

「いま、やっと眠られたんですよ、起さないほうがよろしいやろうねえ」

相部屋の人がそういい、この婦人は今日はジャムぱんを手に持ってたべていた。何の病気か、じつに健康そうにみえて、よく食べてる人だ。

おふじさんは顔がむくんで、沈んだ、悪い顔色だった。わたしは持っていった和紙の人

形と折鶴のモビールを、窓の横に吊《つる》してあげた。

やがて祇園祭《ぎおんまつり》であった。宵山《よいやま》はたまたま土曜日で、たいへんな混雑だろうと思われたけれど、わたしは思い立って京都へ出かけた。

電車は大混雑だった。それに暑い晩で、こんな晩に山鉾《やまぼこ》を見にいったら、それこそ蒸し殺されてしまうかもしれない。

優の下宿へまっすぐ、いった。

優になんの連絡もしていないが、きっと、こんな晩は、家にいるのだ。人出のきらいな彼は、どこへもゆかずにとじこもっているにちがいなかった。

四条通りや駅前は、人波でごった返していたけれど、優の下宿のあたりはしんとして暗い。浴衣《ゆかた》を着たお婆さんが、ひっそりと門口に坐って涼んでいるような、そんな、ものしずかな暗さである。

ときどき、家々の戸があけ放たれてあるので、奥まで灯がついているのが見通せた。簾《すだれ》の奥に、横になって涼んでいる人の姿が見えるのだった。

優の下宿で、声をかけたが、誰も出てこない。思いきって靴をぬいであがろうとしたら、奥から人影があらわれた。若い女である。

玄関へ来て、手に提げていた靴をおき、わたしの方には視線もあてず、ゆっくり靴をはいて出ていった。

　わたしは驚いて、女のあとを見送っていた。あの女の子は、「赤ふん」のサッちゃんにちがいない。

　サッちゃんは、優の下宿にたびたびくるのだろうか。

　わたしは優の部屋へいった。サッちゃんがいったあとへいくのは、いやだったが、反抗できない力がわたしをひっぱっていくような気がしたのだ。

　優は、ラジオを聞きながら、寝ころんで煙草をふかしていた。あっといった顔でわたしを見て起き上った。

「どうした?　びっくりさせるなァ」

「サッちゃんとまちがえたんやないの?」

　わたしは坐った。

「何しにきたの、あの子?」

「マンガ借りにきた」

　優の眼は澄んでいて、優しげだった。

「それより、レイ子こそ、何で来たん、電話もせずに……」

「宵山見にきたのよ。外へ出ない?」

「人出はきらいや……疲れるよ」

優は年よりみたいなことをいって目をつぶり、煙を吐いた。わたしは優を見ていてわかった、愛しているのはやっぱり、貝原宏よりも優だった。

13

恋というものは、やっぱり、秘密めかしい、もやもやーっとした「何かが」あるものなのだった。

貝原宏を、わたしは好きだったが、宏と優とをくらべると、宏のときは、いかにも「へだてのない友人」という要素が強かった。それが優のそばにいると、何かしら、息苦しい、せっぱつまった淋《さび》しさを感ぜずにはいられない。

つきつめた気持が、静かに募ってゆくのがわかる。

これは宏のときには感じられなかったものである。

「外へ出ないの？」

「暑いよ……四条通りなんか歩いてたら、海水浴へいったみたいに、全身、汗ぐっしょりやで」

優は物憂《ものう》げに煙草を吸っている。ほんとにここは風がよく通って、外にいるよりはマシなのであるが、優はどんなときに若者らしく弾むのだろう。いつみてもツマラなさそう。

「祇園ばやしなんか、珍しぃことない」

「それはそうやろうけど」

「そんなんよか、ああ、酒が飲みたい……」

「じゃ、出ましょうよ」

「いやや。買《こ》うてきてほしい」

「しかたのないマアちゃん……」

　わたしは出ていって、町をあてずっぽうに歩いた。通りを二つ三つ越えたところに一軒だけ灯をつけてあいている酒屋さんがあり、そこでウイスキーを一壜《びん》買った。そこは、片方がカウンターで立ち飲みできるようになっており、煮ぬき卵や、袋にはいった竹輪《ちくわ》など売っていたから、わたしはついでに買った。

　そうして優とつきあっていると、ともかく持ち出しになり、金が消えてゆく、そのことを、しぶちん（ケチ）のわたしは痛切な傷手《いたで》のように考えていた。もしこれが、優でなくほかの男であれば、わたしは決してこんなにお金を使わなかっただろう。優なら、いくら使っても平気なのである。どんなにでも、してやりたい、やさしい気持が動く。

　しかし、その気持と、（ずいぶんお金を使っちゃったなァー）という、正確無比な状勢分析とは別ものである。

　そこが、われながら、おかしい。

戻ってみると、優はふてくされたように壁ぎわに坐り、膝《ひざ》を立てていた。酒を見ると喜んで、冷蔵庫の氷を取りにいき、コップと氷と皿を持って、戻ってきた。

「からだ悪くしないかしらん、そんなに飲んでて」

「もう悪くなってるから、かめへん」

二人で乾盃《かんぱい》した。何にか、わからないけど。

「ああ、気分よくなった」

と彼はいう。ほんとに急にイキイキした感じ、ぴょこんとあたまを下げて、

「いつも奢《おご》らせてごめんよ」

「マアちゃんは、どっちへ転んでも大丈夫な気がするなあ。死ぬような人とちがうね」

とわたしがいったのは、この前かいた手紙のことをいったのだ。急に恥ずかしくなってきた。

「びっくりした？　あの手紙」

「びっくりした。死んだら、あかんよ、なんて、なんの暗示かな、思うて、じーっと眺《なが》めて考えてた。それから、もしかしたら、アブリ出シで何か書いたァんのかな、なんて思うて、マッチ擦ってあぶってみたり……」

「スパイの暗号じゃあるまいし」

二人でげらげら笑った。

「あのときは急に、そんな気がしたのよ、もしかして、マアちゃん死ぬんじゃないかって」

「ポックリ病か、おいてくれ」

「憎まれっ子は長生きするよ、きっと」

「長生きしてやるぞ。レイ子の分まで」

どんどん、お酒をのんだので、暑くなってきた。もう八時すぎ、宵山は人の出さかりだろう。祇園ばやしは町々に高くひびいているだろう。

「こっちは酒があれば毎日、おまつりや」

優はそういって、

「レイ子。もう一壜、買うてこいや」

まだ半分あるのに、そんなことをいってる。

「もう止《や》めなさいよ。毒よ」

「下宿の婆さんみたいなこと、いうなよ、ひと晩飲み明かそうよ、レイ子ちゃん」

優は笑ったが、それはわたしのきらいな、いやらしい笑い方であった。わたしはお酒の入ったときの彼はきらいだった。すこしだけ入ってるのはよいが、飲みすぎると、別の、わたしの知らない優になった。

「サッちゃんに買ってもらえばいいでしょ」

「サッちゃんか、あいつもケチやからな、しかし、スパイの暗号みたいな手紙は書かへんよ」

優は冗談でいったのだろうけれど、わたしはサッちゃんなんかと同じ位置においてモノをいわれたのでかっとした。

「帰るわ、あたし」

「あれ、もう帰るのか、泊っていけよ」

「あたしがいるとお酒、飲めるからでしょ」

だんだん、いやな言い合いになる。

「何しに来たんや、レイ子、泊るためとちがうのか？　寝るためとちがうのか？」

わたしはのぼせるほどかっときた。何しに来たのだ？　自分でもわからないから。

「泊りたかったら泊れよ。エエ恰好《かっこ》すンな、え？　やりとうて来たんやろ？」

優は信じられないくらい下卑てみえた。それはわたしのよく知ってる、やさしい綺麗な顔立ちの、大学生ではなかった。沈んだ顔色をしてわたしにいつも泣きごとをいう、気のよわい青年ではなかった。無頼漢みたいな、いやらしい、それに意地の悪いヨタ者であった。

優はわたしの手首をつかんで、強い力で引きよせた。若い男の腕力が感じられた。細くっても痩せていても、とにかく、どこから湧《わ》いて出るのかと思うような、つよい力で、わたしをずるずるっと引っぱった。

そのとき、わたしにはわかった。

優は、サッちゃんにマンガなんか、貸したのではないのだ。サッちゃんはマンガなんか借りにきたのではないのだ。

根拠はないが、直感的に感じられた。サッちゃんはここで、この部屋で、わたしがいまされているように、優にされたのだ、きっと。

優が手をのばして、引き寄せたわたしの胸をさぐった。反射的にわたしはその腕をはねのけた。その力が強いので優は水を浴びたように手を引いた。

「帰るよ、あたし。もう、来ませんからねッ。さいならッ」

「ああ怖《こわ》……」

わたしは廊下を玄関へいそいだ。

やっぱり、暗い奥のほうで、人の気配がし、ぶきみだった。

外へ出ると凪は死んでいて、ネットリとむし暑く、そしてわたしは、くやし涙がでてきた。優はいままでわたしに数知れず、つまらない思いや淋しい思いをさせたけれど、こんなイヤな思いをさせられたのは、はじめてだった。わたしは自分で自分がイヤになる。わたしは夜おそく優の下宿へ何のために行ったのだ？　ほんとうは優のいうように、彼の部屋で泊りたい下心があったせいではないのか？　彼が嘲笑《ちょうしょう》したように。

彼はわたしの下心を見すかして、嘲《あざけ》ったのかもしれない。

そうでなければ、もっとやさしい言い寄りかたがあるはずだと思ったりする。サッちゃんと同じように扱われたことに、わたしは腹を立てていた。

あまり腹が立ったので、わたしは泣き泣き歩いた。どこまでいっても暗い道で、タクシーも通らない。仕方ないので、混んでるのはわかっていたけれど、山鉾の立つ四条通りへ向けて歩いた。

人通りがふえて来たが、交通規制があるのか、車が通っていない。もう一つとなりの通りへ出ようとしたら、そこはもう、宵山の提灯の火が、巨大な花束のように夜空にあかあかとともっていて、「コンコン……チキチン……」という祇園ばやしが聞えてきた。そして、ごった返す人の波、びっしりとつまって身うごきもならぬ人の行列が、アリの行進のように鉾のまわりをとりまいて、じりじり動いているのだった。

汗がにじみ出し、スリップやドレスにぴったりはりついて気持わるく、わたしはイライラした。

やっと通りを一つ折れて烏丸《からすま》通りへ出た。

車に乗れそうもなく、途方にくれて立っていたら、目の前に、黒い車がすっと止った。

運転席の窓があいて、

「どこへいきますか?」

という、中年の男は、見たことのある顔だった。

篠崎氏だ。彼はにこにこしていた。

「もう帰るところです」

わたしは窓をのぞきこんでいった。

「車がないでしょう、……乗りませんか?」

今夜は、彼が自分で運転していて、ドアをあけてくれた。

「一人?」

「ええ」

「一人で京都へ来たの?」

「はぐれたんです、友達に」

といっておいた。

「この人出ではねえ、いっぺんはぐれると迷子《まいご》になるよ。待ち合せ場所をきめといたの?」

「いいえ、よろしいんです、もう帰ります」

「なら、駅まで送ったげよう、どうぞ」

わたしは車に乗りこんだ。

「じつは、僕も、はぐれた……待ち合せ場所が、ここなんやけど、もう、三十分も待ってるのに、来ないから……車をいつまでも駐《と》めておけんのでね」

わたしは、ハア、といってかしこまっていた。クーラーの利《き》いた車内はとても快かった。

篠崎氏が車を出したとき、わたしはぎごちなく礼をいった。いや、と彼はいう。それから、明日の山鉾巡行も見にくるのか？　と聞いた、それなら、席があるから上げようといぅ。明日は折よく日曜である。

「明日はいらっしゃらないんですか？」

「今夜でたくさん、ですわ」

と篠崎氏は低く笑った。いつも、耳の底にのこる笑いかた。

「暑いのと、人出と、これはもう、老いの身にこたえますよ」

わたしは彼の声がとてもいいのに気付いた。

深いおちつきのあるじっくりした声である。近くで聞くと、心を撫《な》でられそうな声。

車が次の通りへ出たとき、わたしは街角で立っている婦人をみつけた。篠崎氏もみつけたとみえて、車を止め、窓をあけるのではなく、ドアをあけて下り立った。

わたしはその婦人に見おぼえがあった。新城あや子先生である。例の、飛鳥路のハイキングで会ったことのある、美人の女流評論家である。

篠崎氏が待ち合せしていたのは、彼女だったのだろうか？

新城あや子は何か、たたみかけて篠崎氏にいっていた。彼はそれに答えて、ひとこと、ふたことという間に彼女のほうは十ことぐらい、しゃべっていた。

それから、さっさと背を見せてあるき、篠崎氏はあわてて追いかけて何かしゃべり、新城あや子は車の中のわたしを見透かすようにした。

わたしは、いそいでドアをあけて下りた。もし、わたしがモメゴトの原因になっているのならば、遠慮しなくてはいけない。

しかし、わたしは二人のそばに近寄って、会話の仲間入りをすることははばかられた。

それで、篠崎氏がこっちを向いたのを機会に、ぴょん、とあたまを下げて、車から離れた。

内心では、オトナの男女が、中学生みたいにモメてるのに少し驚いていた。わたしは、人間、四十ちかくなれば、モメたり争ったりするものとは思えなかったのだ。ことに中年の男と女が拗《す》ねたりなだめたり、怒ったりおいかけたりするのは小説やテレビドラマの中だけだと思っていた。何となく、わたしたちのような年ごろからみると、あり得《う》べからざること、非常にみっともない、というか淫猥《いんわい》な気がするのだった。

わたしは篠崎氏の秘密を覗《のぞ》いた気がして、すこし動揺していた。あまり、いい気がしないのも事実であった。

しばらく歩いていると、うしろから、遠慮がちな車の警笛がきこえた。

ふり返ると、篠崎氏が笑っていた。

「どうぞ、乗って下さい」

「あたし、もう、いいんです」

「いやいや……」

わたしは、篠崎氏の声だけでなく、そういうときの顔も好きだと発見した。それは、彼がわたしに安心感を与える何かがあるからで、年上のせいだけではないのである。

「向うが場所まちごうてるくせに、文句いうて勝手に怒っとる。女というもんは」

篠崎氏は、心安げな大阪弁になって、くすくす笑った。わたしは乗りこんでから、

「どうしはったの？　あの方は」

と気楽な言葉が出た。

「タクシーを呼んで帰りましたよ」

「かめへんのですか？」

「何が」

「ご一緒なさらなくても」

「いや」

それ以上は、行きずりの他人が口を入れることではなさそうであった。別々に帰ろうとどうしようと、わたしの知ったことではないのだ。

「このまま、大阪へ帰るから、家まで送ってあげよう」

「いいえ、駅でよろしいのよ」

「名神高速へ入れば同じですよ」

わたしは考えていた。してみると、さっきは篠崎氏は、新城あや子女史を送るか、それとも共にどこかへいくか、する予定だったのだ。しかし、どういうかげんでか、ケンカして決裂し、急に予定変更したにちがいない。

「宵山は、ぜんぶ見たの?」

「いいえ。長刀鉾《なぎなたぼこ》だけ、ちらっと……」

わたしはかしこまって、そう答えながら、篠崎氏と新城あや子女史はどんな間がらなのかなあ、と考えていた。どうしてか、わたしには、あのバラ屋敷をたずねて、バラ風呂へ入ったのは、新城あや子女史のような気がしてならなかった。しかし、あのペンダントは、あの先生には似合わない……わたしは黙って、そんなことを考えていたので、篠崎氏は信号待ちのとき、わたしを見て、

「ひとりだとおとなしいねえ……やっぱり二人揃《そろ》わないと漫才にならんかね」

とからかった。美知子のことをいってるのだ。

14

わたしたちの車は京都の街を出た。黒々と大きい東寺の塔をあとにするとインターチェンジが近づいてきた。京都を出た、と思うと、きゅうに優のことが心配になってきた。今ごろどうしてるのかしら？　優のことだから、一壜の酒をあけて、そこへ寝ころがってうたた寝しているかもしれない。

何を考えているんだか。時によると、とても心が近寄って、ぴったりくるんだけれど、また、どうかすると、今夜のように、どうしても理解できない、別の男みたいにみえる。

わたしが無口でいたのは、マアちゃんのことを考えていたせいだが、篠崎氏は、ちがったふうにとったらしく、

「疲れたでしょう、あの人ごみでは」

といった。車はなめらかな名神高速へはいって、快適に飛んでいた。

「すこし」

とわたしはいっておいた。篠崎氏は、わたしが固くなっているとでも思ったのか、

「バラ風呂はどうでした。やっぱりちがいましたか？」

「ええ、とても。長いこと、バラの匂いがしみついていてました、よかったわ」

「女の子は好きやねえ。しかし僕は、菖蒲湯《しょうぶゆ》がいいなァ、風呂へ入れるんなら」

「菖蒲湯ってなんですか?」

「あれ、知りませんか?」

「ハア」

「五月五日の日に、菖蒲の葉を束ねて風呂へ入れるんです」

「子供の日と、何か関係があるんですか」

「子供の日、なんていわれるとカンが狂うなあ」

篠崎氏は笑った。

「やっぱり端午《たんご》の節句、といわないと。菖蒲というのは、勝負とか尚武《しょうぶ》、つまり、武をたっとぶ、という言葉と音《おん》が似てるから、昔の武家方では縁起がいいといわれてね、好かれるんですよ。男の子の節句に、湯の中へその葉を入れるんです。邪気を払うといって菖蒲湯をたてる」

「どうなりますの?」

「いい匂いしますなァ。湯が青うみえて、葉の匂いがすがすがしくてね」

「バスクリンみたいなものですか」

「いや、そういわれるとガックリくる。もっと清らかな、強い芳香でね。……湯に、束ねたそれが浮いてるのが嬉しかったもんです」

「ハア」

「ほんまに知りませんか、菖蒲湯って」

「聞いたこと、なかった」

「学校で何を習ってる」

と篠崎氏はいった。そういうことをいうのが、会社のおふじさんあたりだと、気になるかもしれないが、篠崎氏だと、申訳ありませんとえへへえへへ笑っていられる。

「そういえば、僕も、子供のころに入っただけやなあ、あとは戦争中で、そんな気持のゆとりなかったし、戦後はお袋も死んだし」

わたしは篠崎氏の、そんな個人的な話をきいたのははじめてだった。彼はなつかしそうに、

「もういっぺん、はいりたいですなあ」

「その菖蒲って、花の咲いてるところを入れるんですか?」

「いや、花菖蒲とはちがいます。――来年の夏は、菖蒲湯をたてて入ろうか。夏雄くんにいえば持ってきてくれるやろ。――そのとき、また、いらっしゃい」

「ありがとうございます」

「バラ風呂とはべつの、何ともすがすがしい気分ですよ。うん、――日本人向きな香りやねえ」

「へえ。どんなんやろ……」

　とわたしもつい心をそそられた。

「青い剣のような葉を重たくたばねて縄《なわ》で縛ってね、いくつもいくつも浮かせる。湯の中にぷかぷか浮いててね。……入るとこちらへ漂ってくる、湯の中で揺られるたんびに、いい匂いがさーっと立つね」

　篠崎氏は、立て板に水というのではなく、むしろ、ぼつぼつしゃべるほうだが、その方が却《かえ》って、したしみやすく、話が心にくいこんでくるような味があった。

　そうしてわたしは、篠崎氏の話しぶりに慣れれば慣れるほど、彼はわたしの思ってるより、もう少し年上ではないかと思えてきた。尤《もっと》も、オトナの男とつき合ったことがないわたしにはよくわからない。勝手に推察しているだけである。

「あそこの花壇は次々に花が咲きますの?」

「秋は何かな……コスモスを咲かせてたかな」

「わあ、あたしコスモスも大好きなんです。コスモスの向うに青い海が見えたらすてきでしょうね」

　篠崎氏は、親切な伯父さんのようにいった。

「どうぞ、そのころはまた、来て下さい。あの友達と一しょに」

　わたしは招待を催促したようで、恰好《かっこ》わるかったが、篠崎氏は、

「ところで、あの人は絵が巧《うま》いねえ」

というではないか。

「絵？」

「このあいだ手紙をもらったけど、なかなか、うまい絵があった。センスもいい」

「絵を描《か》いたのは、あたしの方です」

「あれ、そう？　すると、あんたは、庄田さんか？　金谷さんか？」

「庄田レイ子です」

「僕はまた、金谷さんかと思ってた——どっちも同《おん》なじような顔してるからわからんねえ」

と篠崎氏は屈託《くったく》なく笑うが、失礼じゃないか、どっちも同じとは、女に対して侮辱である。わたしは美知子とはてんで、タイプがちがう。どこを見てるのだ。第一、同じような顔をしてるなら、貝原宏だって、わざわざ美知子を選ばないはずである。わたしで間に合った筈《はず》だ。

わたしは、篠崎氏が、金谷美知子と思っていたことにがっかりした。彼の親切は、どっちでもいいような親切であったのだ。尤《もっと》も、わたしも、中年男は誰を見ても同じ顔にみえたから同罪であるが。

彼は吹田《すいた》で高速道路を下り、わたしの家の前までつけてくれた。いつか、会社の清瀬く

んの車に乗ったことがあったけど、ビュンビュンとばしていい気分だったが、降りてから、

「ああ、百二十キロ出したん、ぼく生れてはじめてや」

といったので、とたんにゾッとしたことがあった。しかし、篠崎氏は、もとよりそんな飛ばしかたはしない。慎重で、かなり巧みな運転である。わたしはていねいに礼をのべたのであるが、ハイ、ハイ、と篠崎氏は今までより、かたい声で別れ、すぐ車を出した。わたしは別れるとき、彼はにっこりするだろう、と考えていたので、彼が不機嫌に見えるほどかたい顔をしたのに、とまどった。それは、しかし、篠崎氏のふだんの顔なのかもしれない。べつにわたしに不機嫌になったのではあるまい。彼の日常はきっと、そういう顔をしていなければならないような日常なのだろう。

京都から帰ってから、わたしは二週間ばかりして、優に電話をかけた。優の下宿には電話がなくて、筋向いの煙草屋さんの呼び出しであるが、手がないときは、「いま呼びにいかれしまへんよって、あとにしとくれやす」といわれたりする。次にかけると、呼びにいってくれたけれども「いま、出といやすそうどす」といわれる。なかなか、これが通じないのだ。

しかしその夜は、一回で出てきた。

「マアちゃん、どうしてる?」

「うん。本読んでた」

優の素直な声がかえってきた。

「こんどの日曜、会う?」

「こんどはあかん。親爺の家へいくから」

「じゃまた、電話してね」

「するよ」

そういうけど、彼から電話したことは一度もない。いつもわたしの方ばかりだ。時によると、みじめな気もする。

「毎日、何してんの?」

「家庭教師にいってるよ……これが一ばんかたい」

優はやさしい声で笑った。わたしは公衆電話だったから、コインを入れつづけていた。この間の夜のことはどちらもいわず、やがてすこし沈黙がつづき、

「じゃ、ね」

と優がいうので、わたしはあわてて、

「淋しいわ」

といったら、

「淋しいね」

とのんびりいって、それがサヨナラの代りだったように、優は切った。つまらない。

会社へいっても、いまや美知子は貝原宏のことで有頂天で、

「ねえ、宏ってね、目尻下げて笑うのよ、こうやって……。これが可愛いのよ」

なんて、両手の指で目尻をひっぱってアカンベーするみたいに下げてみせ、ひとりで笑っている。貝原宏が、美知子の笑いをまねてみせて、「おたふくみたい」といったのと同じである。わたしはもう、あほらしいやら、むしゃくしゃするやら、おふじさんの欠勤で、いつもより仕事が忙しいものだから、よけい目ざわりだった。

そんな調子なので、秋のはじめに、ばったりと梅田で、小林夏雄にあい、

「コスモスが咲いてますよ……遊びにおいで下さいと、篠崎さんがいってられました」

と聞いたときも、美知子は行かないというのだ。小林夏雄の会社は東区にあるが、電話で聞いてみたら、もう夏の終りごろから満開で、早く見ないと、花が小さくなってゆくという話である。

私は、美知子を誘ったが、美知子は宏とデートの約束があり、

「花をもらったら、あたしにも分けて」

などという。誰が分けてやるものか。

久しぶりにみる須磨の家はなぜか、自分の別荘のようになつかしかった。わたしが門を

あけてはいってゆくと、コリーが走ってきた。しゃがんで犬の首を抱いていると、犬の日向《ひなた》くさい匂い、土の匂い、樹《き》の匂いが、たまらずなつかしい。花畠の向うの、濃い群青色の海も、がっしりした古い洋館も。

（いいなあ……。このうち、好きだなあ）

と思い、ヒトの家ではあるものの、ほんとに心身がクリーニングされるような、爽やかさを感ずる。

「やあ、いらっしゃい」

篠崎氏がやってきた。わたしはもう、だいぶ彼に慣れたらしい。それは彼を見て、うれしかったのをみてもわかる。遠慮や気づかいがなかったからだ。

「この犬の名前、何でしたっけ！」

わたしはコリーが背中までとびついてくるのに、よろよろしながら叫んだ。

「マリー・アントワネット！」

「マリー、マリー」

といったら、犬はわたしのそばに身をすりつけて、手の甲をなめた。

コスモスは赤、白、ピンク、とりどりにさわさわと揺れていた。わたしは、濃い海の青に映えるように、わすれな草色の青い服を着ていた。コスモス畠の中へはいって、腕にいっぱい、摘んだ。それを、また、池に漬《つ》けておいた。

今日は小林さん夫婦の姿も、夏雄の姿も見えない。台所へはいってみると、篠崎氏は、やっぱりはだしで、咥《くわ》え煙草のまま、コーヒイを淹《い》れていた。

「親戚に不幸がありましてねえ。急に、今朝、小林さんは三人で出かけましてね。おひるができないが、どこかへ食べに出ますか？」

わたしは、この海のみえる庭や、がっしりした木目の台所を動きたくなかった。ここより素敵な場所はないから。

「それなら、何かさがして下さい。缶詰でもないかな。料理してくれますか？」

「料理って、困ったな」

正面きってひらき直られると狼狽《ろうばい》する、

「お好み焼きではあかんかしら？」

「何ですか？　それは」

と篠崎氏はふしんそう、わたしは赤面した。いつも、母がるすのときは、わたしとクミ子はお好み焼きをつくり、父には缶詰をあけておくのだ。わたしもクミ子も、それがいちばん美味《おい》しいと思ってるものだから……。

「いや、僕はわりに何でもたべる方やけど……」

と篠崎氏はいった。そこでわたしは決心して、台所の冷蔵庫をあけてみた。すると、豚肉の塊があった。野菜籠《かご》にはキャベツも長芋《ながいも》もあり、つまり、お好み焼きの材料は、みんな揃《そろ》ってるわけである。わたしは小林夫人のエプロンを借りて支度をはじめた。一瞬、ほかのものを作った方が……と迷ったが、それは煩悩《ぼんのう》というものである。どうせ、うまく作れる筈《はず》ないのだ。お好み焼きなら、妹のクミ子も、わたしがうまいとみとめているのだ。

メリケン粉に塩を入れて溶く。長い山芋を摺《す》りおろしてまぜるのが、ふんわり焼くコツ。

卵にキャベツをまぜ合せて、油をたっぷり引いた鉄板に落し、豚肉や海苔《のり》や紅しょうがをのせて、裏返して焼く。おぼえのある、いい匂いがただよってきた。ソースの焦《こ》げるかんばしい匂い、じゅっ！　と油にはじける豚肉。脂《あぶら》が、うまく溶けてゆく。

「できましたァ！」

どう呼んでいいのかわからないので、わたしはとりあえずそう叫んだ。

15

篠崎氏は自分でビールを出してきた。それはわたしが、勝手を知らない客だからというせいではなく、自分が動くのに慣れている人の態度だった。大きな体が、動くのを楽しむように、こまごまと働いた。

「美味《うま》い」

と彼はわたしの作ったお好み焼きをひとくち食べていった。

「おいしいですか、そうでしょう?」

わたしはとてもうれしかった。自分でも食べたが、頬《ほ》っぺたが落っこちそう、長芋の分量もちょうどいいかげん、ソースと脂のまざりぐあいも申し分なく……。わたしはまだ食べたかったので、更に鉄板の上に油を引いて焼いた。篠崎氏は二枚たべると予約した。そうしてわたしのコップにもビールをついでくれた。それでわたしはビールをひとくち、すすり、皿の一枚を食べ、また、焼くために鉄板のそばへ立った。しまいに忙しくなってきたので、テーブルをすこし引っぱってガスレンジのそばへ近づけ、

「鉄板で焼いたのを切りながら食べるのがほんとなんですよ」

と篠崎氏にもステンレスの小さなオコシを一本渡してやった。篠崎氏はまたビールをとりにいき、すっかりよろこんで、

「美味い、美味い、ビールによう合う」

という。そのころには、わたしはもう三枚めぐらいを食べにかかっていた。ビールが冷たいので、熱いひときれをたべたあと、とても快くすずしく咽喉《のど》を通ってゆく。

「これね、カツオ粉をかけたり、青のりをふったり、なるたけいろんなもの入れて、下品にたべるほうがおいしいの。こんな庶民の女の子のもの、おあがりになったことはないでしょ」

とわたしがいうと、篠崎氏は切りとったひときれを、大口あいて食べながら答えた。

「僕は子供のころは大阪育ちでね、たいがいのものは食べたね。これは昔、屋台を曳《ひ》いて来て、一銭洋食といったもんです。神戸では肉てんといってたねえ。町にはお好み焼き屋もできてたけど、洋食焼き、なんていう言葉があった」

「へえ。これが洋食なの?」

「とにかく、油やソースを使いますからな。ほかの、日本風なわらび餅《もち》だとか、綿菓子だとかのたべものにくらべると、ともかく西洋料理にはちがいないからね——一銭をにぎってね、いや一円じゃない、それにあんなニッケルの軽い、水に浮くような安ものとちがう、どっしりして大きな銅貨。牛の目玉ぐらいある大きなやつ。値打ちあったよ。それを握ってかけつける。目の前でジュージューと焼いてもらう。むろん、肉なんか、屋台の店ではいらない。天カス、天プラの揚げカスが入ってた。いや、これが美味くてねえ。下品な食べものではまだあった、わらび餅を長くしたみたいな、黄粉《きなこ》をまぶしたの、ベロなんていう名からして下品でね」

「知ってる、それはあたしも子供のときに食べたわ、あたしもベロっていうてたわ」

ベロというのは舌のことで、舌みたいな形をしてたからだ。篠崎氏の話を聞くのは面白かった。紙芝居に夜店、夏祭りと十日戎《とおかえびす》、それら戦前の話は、彼自身も、もうよくおぼえていないけれども、何か、それに似たものを見ると思い出すそうである。

「ともかく、下品なたべものほど、美味い」

「同感！」

と握手した。わたしは篠崎氏がお好み焼きをおいしいといったことで気をよくした上に、自分自身、ビールの酔いがあるのでいい気持になっていて、とてもこの中年がいい人だと思えてきた。

すっかり満腹して、篠崎氏は、「いや、ごちそうさま」と立ち上った。ほんとうは彼の方がご馳走してくれたわけだけれど。

中年はマリー・アントワネットを連れて散歩にいってくるといった。地面をひっかいていたマリー・アントワネットは大喜びで彼の口笛にこたえ、尻尾《しっぽ》をふりたてて走ってきた。

「あの、お台所を片づけたら、おうちの中、見せて頂いてもかまいませんか？」

とわたしはいった。

「いいですよ、どうぞ。尤《もっと》も、ここで暮してないから、何もないけれど。あ、二階の小部屋に、僕の親爺や祖父があつめた時計があります。それぐらいかな……。それから、あっちの」

と中年は腕をあげて、離れの平家を指し、

「家のほうは小林さんの家だから、遠慮した方がいいと思う。こちらの家はどこへはいってもかまいません」

「じゃ、おるす番してます」

「三十分ぐらいしたら帰るから。庄田さん帰るときは、僕が駅まで送ってあげます」

わたしの名前をおぼえていてくれたのが嬉しかった。

わたしはきれい好きな小林夫人に、しかめ面《つら》をされないように、コップもクレンザーでキュッキュッと磨いておいた。ここの食器はみな高価なものばかり、ウチのように、母がバーゲンで買ってきた、すこし縁がいびつになっているような皿ではないのだ。割れたり欠けさせたりしてはいけないと思って、気を使う。コップもみなクリスタルガラスである。流し終って、ふきんまで洗ってから、わたしはエプロンをはずし、家のなかを見てあるいた。

客間は、いつか、中年がいったように、凝ったつくりだった。仰々しいばかりのシャンデリヤが下っている下に、大きな丸テーブルがあり、大理石のマントルピースがあった。椅子は深くて大きく、わたしが坐ると埋まってしまいそう。椅子もソファも白い布カバーがかかっており、めくってみると、椅子に張ってあるのは、金襴《きんらん》だった。古びてすりきれているが、金糸がぴかぴかしていた。窓はわたしの背より高いところにあり、重々しいカーテンが垂れている。塵埃《じんあい》はすこしもなく、きれいに掃除がゆきとどいているが、人の住まない冷たい空気が、家具にも沁《し》みついているようだった。

わたしは二階へあがった。階段は途中で螺旋《らせん》して上へつづく。階段にもいちめん絨毯《じゅうたん》が敷きつめてあるが、みんな、古びてしまっていた。廊下のつき当りがガラス戸で、ぱっと海が見えた。あけ放つと、潮の匂いが流れる気がする。海は遠いのに、あまりに秋の海の色が濃いので……。淡路《あわじ》島まで見える。

わたしは、こんな景色を見て一緒に感動する美知子がいないのが淋しかった。美知子はもう、わたしと二度と、こんな感動を共有する気になれないかもしれない。あらゆることを、貝原宏と共有したいと思うかもしれない。少なくとも、いまのお熱がつづいているあいだ……。あるいは物珍しさがつづいているあいだは。貝原宏と、ふしぎな古代の石造物を見たり、ヤマタイ国の卑弥乎の話をしたいと思うかもしれない。

どのドアもがっしりした木の、ノブはカットグラスだった。しずかにまわすと、どの部屋も、ドラキュラ城のように、荘重に、神秘的にギイ……と開いた。

時計のコレクションのある部屋はすぐわかった、ひそやかな、チクタク……の音がしていたからだ。薄暗い部屋のカーテンをあけると、わたしはアッといった。

塵《ちり》一つとどめていない、まっ白な壁の部屋に、何十という時計がかかっていた。部屋のまん中には陳列ケースのような、ガラスを張った台があって、そこには、置時計や懐中時計がずらりと並べられてあった。あの中年の趣味なのか、小林夫妻の配慮なのか、時計はみな、静かに息づいてチクタクと鳴りつづけている。壁の時計は国会議事堂にありそうな古い立派なものから、天使が飛んでいる、彩色された木造りの可愛いもの、古めかしい鳩時計、色のきれいな石でふちどった美術品みたいな時計、など、さまざまで、わたしはことに、金や銀で細工した、小さな置時計に目を奪われた。それから、桃色のアラバスターでできた、文字盤を頭上に捧《ささ》げている、水の妖精《ニンフ》の置時計。

それらがみな、人のいないところでしずかにチクタクと時を打っている。何年も、何十年も、瞑目《めいもく》して、時を刻んでいるみたい。

窓をあけると、白いレースのカーテンが風にひるがえった。

と、それにさそわれたように、時計たちは一斉《いっせい》にぱっと目をみひらいた。

正午のときを告げだしたのだった。

「チン、チン、チン……」

と可愛いのもあれば、

「ボーン！　ボーン！」あるいは、

「リン、リン、リン」

と歌うようなのもあり、

「ジャーン、ジャーン……」

と中国のお祭りの銅鑼《どら》みたいな音色もある。涼やかな、あるいはにぎやかな、または重々しい音色がひびきあい、もつれあい、一大交響楽になって、海と空へたちのぼってゆく。

いまはどの時計たちも目をひらき、唇をあけてうたっているようだった。天使も羽根をそよがせ、鳩も首を振り、水の妖精《ニンフ》も水をこぼしているよう。

わたしは、ほんとに好きになった、この家の何もかも……。

この時計の音色で、わたしはいままでよりもっと、この家に親しみを感じた。

（この家が欲しいな）

といったって、わたしに、この家が買えるわけのものでもない。つまり、この家に住みたくなったのである。

でも、同居人や間借人ではいやなのである。この家の持主、城館《シャトー》の女あるじになりたくなったのである。

しかしこれもおかしな話、持主はかの中年であるのだ。中年を殺してこの邸《やしき》を乗っとるわけにもいかない。

しかし、よく考えてみると、わたしはどうやら、中年をも含めたこの家が好きなのではあるまいか。彼が犬のマリーを呼ぶときの口笛、はだしで木の床を踏んで、咥《くわ》え煙草でコーヒイを淹れている姿、無造作な応対のしかた、そんなもの、それから、海の見えるコスモス畠で、わたしがコスモスを摘んでいるあいだ、彼が微笑してそのへんを散歩しているさま……そんなものすべて、わたしには好きなのだった。

この家が好き、ということは、とりも直さず、篠崎氏のたたずまいも気に入ってる、ということではないか。

どんなに、家やお花畠が好きだとしても、持主がいやな奴《やつ》だったら、わたしは来る気にはなれないはずだった。

彼が好きなので、家も好きになったのかしら？　どうもよく、そこのところがわからない。

わたしはもう一つ、べつの部屋をのぞいてみた。

時計の間の反対側は、寝室だった。

壁紙は金と藍《あい》のいろのぶどう模様だった。金いろのベッドカバーが二つのベッドにそれぞれかけられてある。

美しい、おちついた寝室で、かの中年は、ここをときどき使うのか、すこし人のいたような気配があった。鏡台のひき出しがあいたままだったし……。

わたしはこわごわ、ベッドカバーをめくりあげてみた。まっ白なシーツは、寝皺《ねじわ》も乱れもない。スリッパをぬいで、こわごわ、横になってみた。ひんやりして、ふわりとやわらかく、いいきもち。

ビールのせいか何か、わたしはいいきもちで眠りこんだ。

あっという間に、ねむりに落ちた。

でも、短い間だったと思う。わたしがはっと気が付いたのは、スリッパを鳴らして近よる足音が高かったからである。

「あっ」

と、その足音の主は、ドアをあけていった。わたしは完全に目がさめた。

「あなた、ダレ！」

それは女性で、けたたましい鋭い声を立てた。ねぼけた目をこすってみると、新城あや子女史ではないか。

わたしはいそいでベッドからおりたが、まださめきっていないのか、よろよろする。

「ダレなの、あなた！」

わたしは現場を押えられた泥棒《どろぼう》のような気がした。わたしの自慢のわすれな草色のドレスはくしゃくしゃだし、髪の毛は乱れていた。

「小林さんは？　篠崎さんは？」

女史は矢つぎ早《ばや》に詰問《きつもん》する。

「小林さんはるすです。あのう、篠崎さんは散歩中です」

「あなた、一たい、篠崎さんの何なの？……」

と女史はつめより、わたしは彼女の瞳《ひとみ》に、ものすごい怒りを発見した。

16

「篠崎さんの何？　あなた」

新城あや子先生はもう一度きく。

「何って……べつに。知り合いです」

「そう？　寝室へはいって眠りこんでるような、知り合い？」

わたしは新城あや子先生の「愛するということ」という本も読んで感激していたし、テレビでも見て、いいことをいうなあ、と共感したことも、あったのだ。わたしの大ざっぱな人間分類法は、「いい方」「悪い方」で、その「いい方」にはいってる女流評論家なのだった。テレビでも新聞、雑誌の写真でも美しかったし。……でもいま見ると、首に青すじなんか立てて、目にメラメラと怒りの炎をもやし、唇が意地わるそうにひん曲っていて、あんまり美しくなかった。それに、わたしに向って、あたまごなしにどなりつけ、前後を忘れてとりみだしてるさまが、あんがい、この先生、奥行きのあさい人なんじゃないかしら、というかすかな軽蔑《けいべつ》をわたしに抱かせた。

「すみません、となりの部屋で時計を見てて、つい、ここへはいりこんで……ウトウトしてしまったんです、ごめんなさい」

わたしはあたまを下げた。他人の寝室へ無断で入ったのは悪いのにきまってるから。でも、篠崎氏の別荘に、どうしてまた、新城あや子女史がはいりこみ、わがもの顔に、どなりつけるのかしら……。やっぱり祇園さんの夜といい、今日といい、篠崎氏とあや子先生の間には何か、こみ入った事情があるのかもしれない。

あや子先生は白いブラウスに、黒のパンタロンで、胸もとには、びっくりするような大きな青い珠《たま》をつらねたアクセサリーが、土人の首飾りのように揺れていた。先生はまだ目玉を剝《む》いてわたしをにらみすえていた。まるでわたしの体の、どこからかじろうか、というように。

わたしは不得要領なおじぎをして、新城さんの横をすりぬけ、部屋を出た。その際、わたしのへんな癖で、何か、あいそ笑いみたいなものを浮べたかもしれない。でも他意も悪意もないのだ。わたしは何だか気のよわいところがあるので、間《ま》が悪くなると、笑うクセがある。

もしかするとそれは母が、いつもわたしに「女の子というものは、お辞儀するとき、ちょっと微笑むものです」と耳にタコができるほどいうので、それがあたまにあるからかもしれない。

しかし、それは見る側にすると、いろいろにとれる。新城さんは、わたしの微笑みが挑発《ちょうはつ》的なニヤニヤ笑いにみえたせいか、

「どこで知り合ったの、え！」

とひきとめるように聞いた。

「篠崎さんと、ですか？　町で。お茶飲んだんです」

「ああ、町でね」

それは、何かモノを拾ったように聞えた。

「そしたらバラをつみにきなさい、とさそわれたから……」

「それですぐ来たの、両手に一ぱい持って帰ったってわけね。若い人って……」

あとはさすがに言わないけれど、わたしには「若い人って何てあつかましいんでしょ」

というふうに聞えた。

どうやら、わたしの見るところ、あや子先生は何か血迷って、篠崎氏とわたしの仲を疑っているようであった。そして、想像をめぐらし、嫉妬しているようにみえた。

わたしはビックリした。わたしのように無力な、若い人間に、一人前の、確信ありげな立派な中年女性が血迷って嫉妬しているなんて。

マサカと思うけど、マサカのときは、こっけいである。わたしはちょっとからかいたい気がする。

「バラの季節のあいだ中、バラ風呂へはいりにきたわ」

「あら、そう、バラ風呂へ、ね」

あや子先生はうなずいたけれど、ますます目玉が大きくなり、疑惑が深まった顔色である。

「バラの枕をつくってひる寝したの、ついそのくせが出て、ここへはいりこんだんです、ごめんなさい」

「ねえ、お茶でも飲まない？　下で……」

と急に、あや子先生はいった。それからオトナの女の顔つきになって、ほほえみながらわたしを階下へつれていくように、腕を出してさそう恰好をした。

時計の部屋のドアがあいていた。先生はわたしの目にふれるのを恐れるようにあわててドアをしめた。ケチ！　誰も取らないわよ。

台所であや子先生は、紅茶を淹れながらわたしの家や勤め先のことを聞いた。それから、

「篠崎さんのこと、どう思う？」

「好きですわ」

といったら、もう、あや子先生は目を剝《む》いたりせずに、にたり、と笑って、

「親切で、人のいいところがあるわねえ」

と同意を求めるようにいう。

わたしはわざと遮《さえぎ》ってやった。

「いいえ……そんな意味じゃなくて」

と、じーっと紅茶茶碗に視線を伏せ、

「あの、……ほんとに好きなんです、あたし」

といったら、ふしぎや、自然に頬《ほお》が赤くなって、目が熱っぽくなってきた。

自分でいって自分でびっくりしているくらいだから、あや子先生の方はもっとびっくりしたらしかった。しかし先生は、もう、さっきのように血相変えてどなったりせず、テレビで見なれた、優雅なほほえみを浮べていた。わたしは熱っぽくいった。

「この家も、ここから見える海も、お花畠もとっても好き！　あのひとは、むろん、好き！　……やさしくて気どらないし」

「そう、でも篠崎さんて気まぐれで、ほんとはすごく気むずかしい人なのよ」

とあや子先生は、教えさとすようにほほえんだ。

「若い人にはわからないでしょうけど。中年の人の人生なんて。趣味もこのみもちがうわよ。年代がちがうと」

「あら、少なくとも、食べものの好みは一緒やったわ」

とわたしはまた、意識的に遮ってやった。

「さっき、ここで二人で、お好み焼きを、六枚ぐらい食べたんですもの……あのひと、あたしの作るものは何でも、美味しい美味しい、というんです」

わたしは天井を向いて笑った。あや子先生は笑わなかった。それどころか、また混乱して、

「いつも、ここへくるの?」

と探るように聞いた。

「ええ。……ほんというと、いつもここで会ってるんです」

「あなたのいってるのは篠崎さんのことでしょうね? つまりその、……」

とあや子先生は、信じられない、というふうに、わたしの顔を、穴のあくほど眺《なが》めていた。

「あちらの小林さんのウチに、若い息子さんがいるけど、あのひとのことをいってるんじゃないの?」

「夏雄さんですか? ちがいます」

「あたしは、夏雄さんのほうが、あなたぐらいの若い娘さんには釣合《つりあ》って自然だと思うけど」

「だって、自分の感情や愛は、釣合いできまるもんじゃないでしょ」

「あなたは篠崎さんを愛してるの?」

「いけないですか?」

「年齢《とし》がずっとはなれていても?」

「年齢なんか、どっかへとんでしまうわ。あのひとと会ってると」

わたしは立っていって池の傍《そば》へしゃがんで、水に漬けたコスモスの花をとりあげ、たばねて、紙で包んだ。まだ篠崎氏は帰らなかったが、このくらい新城あや子先生をからかえばたくさんだった。

「さいなら」

といったら、先生は思わず立ち上り、テラスのところまで出て、柱にもたれながら意地わるくいった。

「もう、ここへ来て家の中を勝手にあるきまわるのだけは遠慮していただくわ。お花ぐらいはご自由になさっていいけど」

「そうします」

「つまり、半分はあたしの家なものですから……」

先生は腕組みして、これで分らなかったら馬鹿《ばか》だという微笑みをわたしに向けた。それでわたしはわかった。新城あや子先生が篠崎氏と親しい関係にあるのも事実だろうが、先生もわたし同様、この古いがっしりした、美しい洋館に愛着し執心しているのだ、ということ。女の思うことは一しょである。女の物欲もまた、老いも若きも一しょである。

駅へつくまで、とうとう、篠崎氏とマリー・アントワネットには会えなかった。

しかし、十日ばかりして彼から会社へ電話がかかってきた。お昼休みで、わたしはこれから、社員食堂へ下りていこうとしている所だった。

「やあ、このあいだは失礼したね……いま、いいのかね？」

わたしはおひるごはんでも奢《おご》ってもらえるのかと胸をとどろかせて、いま社員食堂へおりてゆくところだったというと、篠崎氏は、

「それなら……」

と切りそうにした。わたしはいそいで、何か用かときいた。

「いや、べつに用はないけど、このあいだは何か、失礼なことはなかったかと思って」

「いいえ。――」

「何か、いわれなかった？　気に障ること」

「ちっとも。どうしてですか？」

「僕の帰るまでに、いなくなってたから。もしかして、べつくちのお客に何かいわれて気にしたのかと思って」

わたしは感激せずにはいられなかった。ちゃんとしたオトナで、年齢のいった、大きな責任と地位にある男が、吹けばとぶような、わたしのような女の子に、こまかく、気を使ってくれるなんて。

わたしたちは「べつくちのお客」のことを少し話した。彼は彼で、「べつくちのお客」に何かいわれたらしかったけれど、そのことについては教えてくれなかった。篠崎氏は、こ

の埋め合せは、いつかする、と約束した。
「ちょっと、お詫《わ》びしようと思ってね。では、またいらっしゃい。――そのうち、誘って
あげる。もう一人の人、庄田さんか……も一緒に」
「あの、あたし庄田レイ子です。庄田レイ子。庄田レイ子が、あたしです」
わたしは、投票日前日の候補者でもこうはあるまいと思うくらい、熱心にいった。
「知ってる。言いまちがえたんですよ。あとの人は金谷さんやったね」
と篠崎氏は電話を切った。
わたしが、それからあと、篠崎氏から誘いの電話があったとき、わざと美知子を誘わな
かったのは、やっぱり、彼と二人きりになりたい気があったのだと思う。――金谷さんは
都合がわるいそうです、とわたしは彼にいった。こんなこと、美知子がわたしの立場でも
そうしたろうと思うのだ。

その日は雨になった。もうかなり秋がたけているので、寒くて、それにわたしはせっか
くのデートなのに雨に降られて残念で無念でならなかった。雨ならどうするという打合せ
をしなかったのも不安で、母が出がけに、
「こんな雨ふりにどこへいくの?」
というのへ、返事もできない。尤《もっと》も、母には、例のバラ屋敷の人に連れていってもら

うといってあったけど……。

「映画でも見るわ」

などといって、待ち合せ場所の千里中央駅にいった。雨脚は烈《はげ》しくないけれど、しとしとと土を湿らせ、樹《き》も草も、電車も冷やすような降りかたである。じんじんと冷たかった。

すると、誰かが、わたしのほうへ、ゆっくり近づいてきた。見ると、篠崎氏だった。

「こっち……このへん、車が駐《と》められないのでね」

彼はちゃんと黒い傘をさして駐車場から来たのだ。傘なんかさしてる男と、デートするなんてわたしははじめての経験だった。優も貝原君も、雨のときは走るもんだときめている。

「いやなお天気ですね」

「なあに。雨もええもんです。秋の雨は風情《ふぜい》がある。風情がわかれば、の話ですがね」

わたしは、風情はわからないけど、やっと自分の気持がわかった。わたしはこの頑丈《がんじょう》な肩の、体つきが楯《たて》のようにまっすぐですらりとした、中年の男に、とても逢《あ》いたかったのだった。

新城あや子先生にいったことは冗談だったけれど、わたしに冗談をいわせた幾分かは、本音の心だった。

何より、彼のそばにいると、押したり引いたりの駈《か》け引きをしなくて、安心してよりかかっていられる気がする。優や宏あいてでは気を使い、金を使うだけで、心は持ち出し一方である。

「京都がよろしいでしょう？　嵯峨《さが》のあたりへでも廻りますか？　雨やから観光客も少ないと思うよ」

「ハイ」

「おひるはあのへんで食べよう」

「ハイ」

「そう、ハイハイといわれると修学旅行を引率してる先生の感じやな」

と篠崎氏は笑った。——そして、わたしの感じたのは、今までよりもっと強烈な、篠崎氏が好きだという気持だった。

17

名神ハイウェイ、京都南のインターチェンジを出る頃、雨はあがった。雲が切れ、遠い山波の上にちょっと青空さえみえた。

と、ぐんぐん、その青空がひろがってゆく。しかし、西のほうは曇って、折々は、しぐれがフロントガラスをかすめるのだった。

鳥羽大橋《とば》がみえるころ、

「おお」

と篠崎氏がいうので、ラジオをあっちこっちさぐって、音楽をさがしていたわたしは、何かとビックリして、顔をあげたら、

「虹《にじ》！　見てごらん」

と彼はいった。

ま正面、天空たかく、縁はぼんやりしているがほんとに色あざやかな大きな虹がかかっていた。

車はそのアーチの下をくぐって走る感じである。

「すてき！」

わたしは昂奮《こうふん》して、美しい空気を吸いこもうと窓をあけた。冷たいけれど、虹のたつのにふさわしいような、清らかな大気。びゅんびゅんと耳もとで風は鳴ってすぎてゆく。

「虹たちてたちまち君のあるごとし」

と篠崎氏はいった。

「何ですか、それ？」

「虚子《きょし》の句」

「ふうん。いいですね」

「虹消えてたちまち君のなき如《ごと》し」

と氏はいって、

「僕はあんまり、文学は知らんけど、やっぱり、知らんよりは、知ってる方がいいねえ」

と中年らしくのたまう。尤《もっと》もな仰《おお》せで、わたしは一言もなく、恐縮して、

「ハイ」

といっていた。わたしは劇画と、わかりやすい小説はよむけれど、俳句や短歌までは手がまわらず、学生時代からあまり進歩したとは申せない。こんな場合も「すてき」としかいえないのだから、彼の教えてくれた虹の句はよかった。

それに、ラジオはいま「愛さずにはいられない」を歌っていた。じつに快適、たのしい。

「晴れるのかしら?」

「さあ。山の方へ入ると降ってるでしょうなあ」

「紅葉《もみじ》は、ありますか?」

「うん、下の方はあるでしょう。嵐山《あらしやま》のへんが……」

わたしは、祇園さんの晩、彼の車に乗せてもらった時よりもずっとのびのびして、話していて楽しかった。彼にもう馴《な》れたし、彼もわたしにだいぶうちとけてきているように思

われたから。

しかし、中年というのは、やはり、お説教癖があるのかもしれない。そういうと、

「いや、べつに説教なんか、してるわけやない。僕は自分のことをいうたんでね。若い人に説教するなんて、そんな恐ろしいこと」

というから、二人で笑った。

「ただ、僕が気に入った子だと、するかもしれんが、説教というより叱《しか》るね。どうでもええ子は、ほっとく。オトナは忙しい」

「ハハア」

「オトナはやさしいと思いますか?」

「ええ。とくに……」

篠崎氏のことをいおうとして、わたしはつまった。オジサンも悪いし、社長さんもけったいなり、篠崎サンというと対等になって悪いみたい。篠崎氏はわたしの躊躇《ちゅうちょ》にかまわず、

「やさしいオトナは怖いよ。いまどきのやさしさというのは無関心の代名詞なんやから。──あンたみたいな若い子は、うるさくいう人、コゴトいう人、説教する人の本当のやさしさを見わけな、あかんねえ」

という。すると、ウチの母みたいにうるさいのが、そうかしら。

　嵐山に着いたころには、また雨が降り出した。しかし日曜なので、観光客は傘をさして右往左往し、車が飛沫《ひまつ》をあげて、その人波を縫いながら走ってゆく。まだ、うす紅葉で、しぐれや霜や寒さが、もう少し足りないらしく、見ごろは半月ほどあとだろうと、いうことだった。

　わたしは咽喉《のど》が乾いてきたので、川筋の道ばたに車を止めてもらって、自動販売機にコインを叩《たた》きこんで、コーラを飲んだ。

「お飲みになる?」

　と聞いたら、中年は呆《あき》れていた。

「この寒い雨降りに、よう、そんな冷たいもん飲むわ。……ついていけんよ、若いもんには」

　しかし冷たいコーラは美味しかった。

　川向うの山は白く霧が流れて、澄んだ川面《かわも》に、雨は降りこむ。ひとしきり雨脚ははげしくなり、人々はあわてて、料亭や土産物屋の軒先へ身を寄せていた。

「ああ、ええ雨ですなあ」

　と彼はいうが、わたしにはそう思えない。

　彼は悠然《ゆうぜん》として雨の中へ車を走らせた。雨は少し小降りになり、霧が流れ、そして、渡月橋をすぎるころは、また、ぽつぽつ、という時雨《しぐれ》になった。

「どこか、見たいところがありますか?」

「今日はどんなコース?」

「高雄《たかお》のドライブウェイへ入ってもよろしいが。そこでめしにして」

「そんなら、そこへはいる前に、あだし野の念仏寺をみたいわ」

「よろしい。あれはどこやったかしらん、僕も行ったことないけど」

もう、車も少なくなり、歩く人の姿もちらほらになった。ひなびた農家や、崩れかかった納屋《なや》が道のそばにあり、その先に、念仏寺への苔《こけ》むした階段がある。

彼は駐車場に車を入れ、雨はすっかり、上っていたので、わたしの傘は置いて、彼の大きな蝙蝠傘《こうもり》だけもって出た。

石段は雨にぬれて滑りやすかった。上ってみると、いちめんに、小さな石塔が並ぶ、西院《さい》の河原だった。うす紅葉の枝がさしかわすその下に、何千という石塔は雨に濡《ぬ》れ、苔に埋もれてならんでいる。けれども、テレビで見た景色は、もっと広々としているように思われたのに、実際に来てみると、五輪塔の列や、本堂のたてもの、仏舎利塔《ぶっしゃりとう》などにかこまれた、ほんの一劃《いっかく》なのである。

それが却《かえ》って、やさしげなたたずまいにみえて、よかった。

すべて、京のお寺は、小ぢんまりと、ちまちまとした感じで、青紅葉のしずくに肩をぬらして、細い道をあるいているのが、なつかしい風情である。

竹林が、寺の白い塀《へい》に沿ってつづき、雨に洗われているので、目のさめるような青さだった。

急にまた、時雨《しぐ》れてきた。

篠崎氏は傘をひろげてくれ、わたしたちは身をよせあってその下にはいった。こんなデートになるなんて、思いもしなかった。

彼は本堂の縁に雨宿りして一服するというので、わたしはひとりで傘をさして、水子地蔵を拝んだり、もういちど、西院の河原のまわりを歩いたり、紅葉のはっぱを拾ったりした。

ここにはさすがに、旅行者らしい若い人々の姿がちらほらあったが、まだ少ないほう、千灯会《せんとうえ》の夜などは、押すな押すなの人波で、とてものことにはいれないそうである。

静かで、ものみなが、雨に音もなく濡れている。

見物にきた人も、おまいりの人も、なんとなく声をひそめ、古い石仏や石塔、崩れかけた墓石などの無言の声に、耳をかたむけようとしているみたい。

「いきますか……」

わたしが篠崎氏のそばにかえってくると、彼はそういって、ゆっくり立ち上った。

「堪能《たんのう》しましたか?」

「ええ……。よかった、雨が降ってて却《かえ》って。おちついてて」

わたしたちは一つの傘に入ってお寺を出た。

「連れてきて頂いてよかった」

「どうも、僕では、相手が悪かったかもしれません」

「ウン」

わたしは、こんなしっとりした、小ぢんまりしたお寺へくるのに、ガサツな宏や、手前勝手にユーウツ症になっていつも泣き言をならべている優よりは、やっぱり、おちついた中年と一しょの方がよい、と言おうとしたが、もしかして、「中年」という言葉は侮蔑《ぶべつ》的にひびくんじゃないかと気を使って黙っていた。

「そろそろ、腹がへった」

と中年はいい、車へはいった。

嵐山・高雄パークウェイというのは、紅葉黄葉のころがもっともきれいなのだというが、青もみじ、うすもみじの今も、そして時雨にぬれている今も、次々に美しい景色がひろがって、飽きなかった。

車は天空ちかくまで登りつめ、せり上り、ふとみれば、足もとのふかい谷底に、保津峡《ほづ》が白く流れている。あるいは京の町が遠くにひろがり、彼はしばしば、車を止めて、一緒にながめた。

青い水が木の間がくれに、ちらとみえたと思ったら菖蒲谷池《しょうぶだに》だった。ここは、昔、宮中に献上する菖蒲を栽培していたところだそうである。

「菖蒲湯に入れるのは、ここへ取りにくれば？」

とわたしがいったら、篠崎氏はもう忘れていたが、すぐ、

「ああ」

と思い出した。

途中の観空台遊園地は人かげもなく、すべり台やぶらんこが雨に濡れていた。冷たい、痛いほど澄んだ空気の、高雄についた。ここも、紅葉の季節の好晴の日は、身うごきならぬ雑踏であるが、今日はバスや自家用車が数台駐《とま》っているだけ。

篠崎氏は、車を馴れたふうに駐車場に入れ、また傘をもち出して、わたしにさしかけようとした。張子の虎《とら》ではあるまいし、めったに溶けないと思うけど、彼は、何だか、わたしを濡らしたら、雪のように消えてしまうかのごとく、いたわる。こんなやさしさは、若い男の子にはないものである。しかし中年の言いぐさによれば、中年のやさしさは無関心と同義語なのだそうだ。ほんとかね。複雑なもんだね、中年とは。

料理屋は、新建材で建て増したような、こんな場所にはそぐわない、ピカピカした建物であった。そして宿屋をかねているのか、玄関にはフロントやクロークがあった。

わたしは少し寒かったので、暖房のはいっているのがうれしかった。山の上なので、早くから暖房するということだ。

ぜんまいや、小芋《こいも》、湯葉《ゆば》に高野《こうや》豆腐、椎茸《しいたけ》といった山菜料理が出た。彼は車の運転があるけれど、少し寒いからというので、お酒を頼んだ。わたしもすこし貰《もら》う。

篠崎氏と食事するのは二度目である。彼は非常に、お酌《しゃく》の仕方がうまいことを発見した。

わたしがつごうとすると、緊張して徳利が盃《さかずき》にガチガチ鳴ったり、つぎすぎて、膳《ぜん》の上に酒をこぼしたりする。

みんな淡泊な味だったけれど、美味しい。ことに若狭《わかさ》ガレイのひと塩をしたのが、やわらかくてあっさりして、まっ白いゆたかな身で美味しかった。

食べているあいだ、わたしはお酒が入って口がかるくなり、よくしゃべった。優と飲んでいると泣きごとになるが、この篠崎氏とは愉快である。わたしが、ここの箸袋《はしぶくろ》をハンドバッグにしまいこんだので、

「何や、コレクションしてんの?」

ときかれた。

「ハイ。マッチのレッテルなんかも。——マッチ箱を水に浮かしてラベルをはがすの。それを冷蔵庫の表に貼《は》りつけて乾かしてたら、朝、きれいにピンと乾くわ。それを、スクラップブックに貼ってる」

「それをやって、どうする」

「どうってこと、ないけどね。でも見てると楽しいでしょ。……ウーン、ここの喫茶店はあの子といったっけ、とか、このスナックはいつごろいったか、とか。でも、ときどき、朝起きると、母がゴミとまちがえて掃いてたりね。乾くと、反りかえって、床へおちてるもん……」

篠崎氏は笑った。

「そのほか、どんなコレクションしてる?」

「あのね、毛皮の小物。毛皮のハンドバッグとか、毛皮の財布とか、帽子とか。でも、みんな、ウサギなんです。それ以外のもの、高価《たこ》うて、買われへんわ……あ、あたし、いつも欲しいと思うのは家の裏にちょくちょく出てくるイタチなの」

「イタチ?」

「うん、茶色の、とてもフサフサしたしっぽの、大きなイタチが、子供と棲《す》んでんの。ウチの家の台所まで来て餌《えさ》をあさるんですよ」

「ほう」

「夜中に、金魚鉢の水をチャプチャプと可愛い音をたてて飲むの……イタチは近眼でしょ、あたしと顔が合《お》うてしばらくじっと見てて、やっとびっくりして飛び上るの」

篠崎氏はまた、笑った。

「その毛皮がとてもきれいな色。ふさふさしてビロードみたいよ。あれ、ほしいけど、捕《つか》まえそこなって、最後っ屁《ぺ》なんてやられたら……」

どうしてわたしの話はこう下らないのか、篠崎氏の虹の話とはえらいちがいであると思ったが、彼は面白そうに聞いていた。

18

それにしても、篠崎氏はおかしいところがあった。

わたしは、彼がわたしの年の二倍か、又はそれに近いぐらいの年だと思うので、とてもしっかりした、一分のスキもない、守りもかたき堂々たるオトナだと思っていた。

ところが、すてきに抜けたところが、ひょいと出てくるのだ。

トイレにいって、ちっとも帰ってこないと思ったら、長いことして、女中さんに部屋へつれて帰ってもらってきた。

「どうしたの?」

「階段の下で、迷子になってしもた……」

「社長さんいうたら、何べんもこのうちへおいでやしてどすのに、何べんも、迷いはりますのえ」

と、年のいった女中さんに笑われていた。

篠崎氏は間が悪そうに笑って、女中さんにお酒を一ぱい、ついでいた。階段を上ったり下りたりしているうちに、わからなくなってしまったんだそう。

その料理屋を出て、しばらく、車で走ってから、

「ライターを忘れた」

と静かにいった。

「とりに帰る?」

「そうですなあ。ライターはええけど、そのほかの小物一切《いっさい》、置いてきた……」

「小物って? ……」

「財布やみんな、何やかや」

「大物やないの!」

わたしが叫んだので、何だか彼まであわてたように、いそいで車をUターンした。

料亭の店先の砂利道に、さっきの女中さんが待っていた。

「もう、お戻りやすやろ、思て、お待ちしてたんどす……ええかげんにしなはれ、毎度のことどすがな」

今度は篠崎氏もみんなも大笑いした。自宅でするのと同じように、彼は食事をしようと上衣《うわぎ》をぬぐと、上衣の中のものをみんな出してしまう、そんな癖があるのだそうだ。

「この店も、自宅《うち》も、同じや思てるさかいや」

と篠崎氏はいっていた。

店先で停車しているあいだ、わたしはちょっと車の外へ出て、ドレスの裾の皺《しわ》を伸ばそうとしていたが、そのときに落したらしい。真珠のブローチが失《な》くなっているのに、少し走って気付いた。

「きっと、店の前よ……」

彼はすぐ、引っ返して、道路のそばに車を停《と》め、さがしにいってくれた。

ブローチはあった。けれど、彼の車のタイヤでか、又はほかの車のためか、ぺしゃんこになっていた。真珠は二つほど（小さい珠《たま》だけど）飛んでなくなっていて、花束の形になっているのだが、金属のところはノシイカみたいに平たくなってしまい、

「イヤー」

とわたしは情なくなったが、でもふき出さずにはいられなかった。

「修繕《なお》してあげるよ」

「いいわ、自分でやってみます」

「いや、それでは無理ですよ、よこしなさい」

と彼が手を出したので、わたしは渡した。

そんなことをして手間どっていたので、京都の町へ下りたときは、かなり、いい時間だった。まだ夕方までには間があったけれど、雨もよいでどんよりしているので、暗い山の

色にはさまれて街には気早い灯《ひ》がついていた。

「祇園で飲んでもええけど、……しかし、おそくなると悪いから、それはまあ、この次にしよう」

と彼はいい、車は四条通りを走って、四条大宮から折れた。この町に、優はいる、今夜もユーウツな顔して飲んでるのかしら。優といったあそこの街、ここの路地、へんな店、さわがしい店……京都は、優の思い出でみちていた。

雨は上っていたけれど、寒くて、車のヒーターが快かった。走っているうちにたそがれはじめた。篠崎氏と、だまって坐っているのは、苦痛でもないことを発見した。それは、彼が、抜けてるところも、おかしいところもあり、可愛らしいところもあるとわかったからである。

オトナの男が可愛らしい、なんて、今までどうして思えよう？　たとえばウチの親爺に可愛らしいところがあると今まで思ったことがあったろうか？　妹のクミ子にそういえば、驚きのあまり、悶絶《もんぜつ》するかもしれない。

それが、彼だと、何となく可愛げにみえるのだからふしぎ。

「ねえ、篠崎サン（と、わたしはやっぱりこう呼ぶことにきめた。篠崎さん、ではなくて、サンである。発音したら同じにきこえるけれど、心持としてはちがうんだ。サンの方には親しみと敬意があるのです）いつも、そうモノを忘れるの？」

「忘れるね。ときどき、乗せてる人まで忘れる。いつやったか、ひとりで帰ってきて、あとで叱られたことがあった」

「女のひと?」

「いや、ゴルフへいって友達を乗せててね」

「そんなとき、何を考えてたの?」

「何を考えてたのかなあ……しかし、忘れっきりということはない、そのときも途中で引っ返した」

「人はいいけど、モノだと失《な》くなることもあるでしょう?」

「人も失くなることがあるね」

と篠崎サンはいって、何を思い出したのか、大声で笑った。

わたしは、イザとなるとそうバカじゃないと思うのは、話題をつなぐ、あるいは機会をつなぐ才気があると思うところだ。

「では、あたしのブローチも忘れないで下さいね」

「そうそう、もう忘れるところやった」

「サインしとくわ」

わたしは手帖に、わたしの似顔絵(実物より数等美人)を描《か》いて、真珠のブローチのピンに止め、再び彼の服のポケットに入れておいた。

「修繕できたら、誰かにお電話してもらって下さい。あたし、頂きにあがります。どこかへちょっと、ことづけといて下されば」

「そうしよう」

と彼はいって、

「今日はよかったですか？」

前を向いたまま、いった。

「僕は、雨は嫌いではないけど若い人はどうかねえ」

「雨にもよるわ。月曜の朝なんか、降られるとほんとうに休みたくなるもの……そのほかはそうきらいでもない。嵯峨野の雨なんてよかった！」

わたしはそういって、

「雨は、女よりきらいや、という男の子もいます」

と笑った。

「それは、君のボーイフレンド？」

と篠崎サンは古めかしい言葉でいった。

「たくさんいるのやろうなあ」

彼はぼんやりした、何かに気をとられるような言い方をする。

「男の子の友達は……」

「いいえ、一人です。でも、友達っていうのかどうか、向うはそう思ってないようでもあるし、わからへんわ」

「会うの？　ときどき」

「会うけど、向うはそう楽しィこともないみたいやし」

「自分は楽しいの？」

「まあ、ね」

「それなら、それでええ。こっちが楽しいなら、向うも楽しんでますよ、きっと」

「じゃ、篠崎サンも今日は楽しかった？」

とわたしがいうと、彼はまた、大きな声で笑った。わたしは彼を笑わせたことがうれしかった。

家の前へつけてもらった。母を呼んでこようとしたら、彼はすぐ車を出して、ではまた、という。母が出てきたときは、車はもう、角をまがっていた。

「バラ屋敷のご主人よ」

といったら、上ってお茶でも一服してもらえばよかったのに、と母はいい、

「そんな長いこと車を運転してらして大丈夫なのかしら、疲れないかしら？」

「それほどトシヨリやないわよ」

「だって、お爺さんでしょ！」

「どうして！」

「でもレイ子が、お花のいっぱいある家っていうもの。植木イジリが好きなのは、花咲爺《はなさかじい》さんの昔から、お爺さんにきまってるわ」

と、母はどこまでもとんちんかんをいう。

翌日から、わたしはもう、彼の電話を待っていた。

でも、何週間たっても、電話はなかった。

会社の方では、いろんなことがあった。まず、おふじさんが全快して、また出社してきた。このごろは清瀬くんと仲がよく、ぽんぽん、清瀬くんをやりこめているが、おひるを食べるのも一緒、帰りもよく一緒みたい。エレベーターの中で、清瀬くんのネクタイをおふじさんが直してやっていたと、杉本まり子が、言い廻っていた。おふじさんの手相には、清瀬くんのことが出ているだろうか？

雪村課長が再婚した。これも例によって、まり子が聞きこんできたのだ。みんなでおめでとうございますといってたら、課長さんは間が悪そうにしていた。ドイツの花瓶をお祝いにあげたけれど、これも、わたしが幹事みたいになってお金を集めた。ほっといたら、誰もしないのだから、仕方ない。貝原宏はお金を出しつつ、にんまりして、

「次は僕らですね、いただくのは」

なんていうのだから、気が悪かったの、なんの。美知子は美知子で、

「ね、貝原さん、ついでにあたしの分も出しといて。この間、奢《おご》ったげたやないの、埋め合せよ」

なんてもう、こちらとしてはどうしてくれるのだ、という感じ、

「会社の中で公私を混同しないで下さいね」

というのが精一杯だった。

そこへくるとさすが、雪村課長は年だけに、結婚前も結婚後も態度は変ってない。杉本まり子の情報によると、お見合結婚のよし、

「ああ、これで、ウチの課も独身男性はみな、売れたなァ」

という、まり子のしみじみした述懐が、こっちにも沁《し》みた。といって、貝原宏はとにかく、雪村課長まで、カズには入っていなかったけれど。

秋がたけてもまだ、篠崎サンから連絡はなかった。忘れているのかもしれない。いそがしい人だから……。

秋の日曜日、わたしはひとりで家にいた。父と母は親戚の結婚式に招《よ》ばれ、クミ子は友達とどこかへいった。わたしは電話番号を調べて、須磨の篠崎邸へ電話してみた。

出てきたのは、小林夫人らしかった。

「今日、篠崎サンおいでになっていますか?」

「いらっしゃいますが、どちらさまですか」

わたしは自分の名前を言いたくなかった。けれども、まじめな小林夫人に、隠しごとをする気にもなれなかった。

「庄田レイ子です。あの、いつかおうかがいして、ごちそうになった……」

「あら、お久しぶりですね」

小林夫人の声は、親しみを帯びて明るくなった。

「いまお呼びしてきます。お知り合いの方が見えていますので、庭に出ていらっしゃるのですよ。お待ち下さい」

そのとき、わたしの感じたのは、ほかならぬ嫉妬であった。貝原宏が美知子を愛していると知ったときよりも、優の心が、もうひとつつかめないと思うときよりも、強烈な苦しみ、呼吸《いき》をしただけで胸が痛くなりそうなこの感情は嫉妬なのだった。彼があの美しい邸《やしき》にいま居《お》り、わたしを忘れているというふしぎ、それから、犬のマリーをつれて花畠のそばを歩いている姿、はだしで木の床をふみしめて、咥《くわ》え煙草でコーヒイを淹《い》れている彼、それらのもろもろの思いや影像が、いっぺんにわたしに襲いかかって、わたしを苦しめた。

あんまり苦しいので、このまま、わたしは電話を切ろうかと思った。一緒にいる「お知り合いの方」に、わたしは嫉妬しているのだ。

「やあ。どうも」

と彼の声が出たとき、わたしは怒っていいのか、拗《す》ねたらいいのか、喜んだらいいのか、自分でもわからなかった。

「どなたか、お客さまですか?」

「知り合いの娘の女子大生が、友達をひっぱってきてるだけですよ」

わたしは彼のおだやかな返事に勇気づけられ、いってしまった。

「今日、あいたいんです、あたし」

ちょっと間があって、

「いいですよ、ここへ来ますか?」

「でもお客さまが」

「いや、女の子たちはドライブの帰りやから、もう引き上げるところですよ」

「そんならすぐ、いきます。あの、ちょっとだけでよろしいんです、待ってて!」

わたしはもうしゃべっている時間も惜しくなって、電話を切った。

19

再び電話が鳴った。何故《なぜ》ともなく、これはきっと、篠崎サンではないか、という直感がひらめいた。

あとで思うと、彼がわたしの家の電話なんか知ってるはずがないのに。人間の、（いや、わたしの）直感なんて頼りないもんだ。

「もしもし！」

と勢いこんでいったら、

「ぼく」

と静かな声が伝わってきた。優である。めずらしい。優が電話するなんてめったにない。

「なーんや、マアちゃんか——」

「おい、えげつない言い方するなよ。誰か、ほかの奴《やつ》の電話まってたな、さては」

優の声はうす笑いを含んでいるが、ちょっと嫉妬の色合いがあるようにも思われた。優にしては珍しい、ハッキリした感情が動いていて、わたしはすこし嬉しかった。

「そうでもないけど。珍しいんやもん」

「いま何してる」

そんな、のんびりした場合じゃないんだ、こっちは。

「ちょっと出る所でした」

「まさか、僕とこへ来てくれる所ではなかったんでしょうな。もし、そうなら嬉しいけどな」

男って、どこまですかたんなのだ、平生、優とあいたくて、優の電話や手紙をけんめいに待ってるときは、うんともすんともいってこず、タマにこっちがホカへ当ろうという時に限って、嬉しがらせをいってくる。まるでこっちの状況を見張ってて、皮肉な意地ワルをしてるとしか、思えない。

しかし、わたしには優はやっぱり大事な人であった。（ホカの男に会いにいくとこなんだ、残念でした）とはいえないのであった。

「こっちはちょっと、冴《さ》えない用事で出るのよ」

といいつくろってあげた。

「そうか、じゃァ、仕方ないけど、急に顔見とうなってん、ヘッヘッヘ」

なんでそれを、もう一時間早く、いってくれないのかなあ。

「ちょっと来いよ、レイ子――」

うかつなわたしは、そのときになってはじめてわかった、

「マアちゃん、飲んでるね、すこし……」

「うん」

と素直にいって、

「何する気も起らへんし……酒でも飲まな、やりきれへん」

ボソボソというから、よけい真実味がある。

「来《け》えへんか、レイ子」

わたしの耳には、国鉄・京都駅の構内アナウンスがひびいた。「きょうとー、きょうとー」という声を聞くときの心ときめき、時間キッチリに待っている優の、ほっそりとたよりなげな後すがた。彼はいつでもピイピイで、わたしは駅の売店で煙草を買ってやり、会うと優にそれを渡す。あたりまえのように優はそれをポケットに入れる。でも、いや味な所はちっともなく、優の動作はやさしげで堂々としてるのだ。

きっと今日も、夜までつきあって、わたしが「赤ふん」の勘定までするんだな。そう思うと、なつかしさと、優へのいとおしさで、眼があつくなってくる感じ、

「来る？　来えへん？」

と彼はのんきそうにいっているが、真剣なひびきもあった。

「ちょっと話もあるし」

「今日、遅くなってもよければ」

とわたしはいったが、須磨から京都へ出ていれば、帰宅は深夜になってしまう、なってもよいが、母にうるさくいわれるのはかなわないしな。などと考えていると優は早口に、

「これ、公衆電話なんや、市外ですぞ。十円玉がもうないから切るよ」

「あの、待って、今日はゆかれへんと思うわ……明日でもね」

わたしはあわてて叫んだら、彼は短く、

「ん、ほんなら」

と切った。とても素直で、いじらしい感じだった。切れてから、かわいそうになる男って、困ります。しかし、まあ今日は体が二つあるわけじゃなし、仕方ない。いい札が廻ってきたのに捨てなければいけない時もあるのだ。そして本音をいうと、わたしは篠崎サンの方に、より好奇心を強くもっていたのだ、この時は。

わたしはバン！　バン！　と力いっぱい洋服だんすの扉《とびら》をあけて、着てゆく服をえらび出した。たんすの扉やドアに当るのは、腹立つときもするが、うれしい時にもする。だからわたしの洋服だんすは扉がガタビシしている。やっと、黄色と紺のジャンパードレスに白のブラウスにきめた。母への伝言は台所の黒板に乱暴に「花咲爺さんとこへいく」と書いた。

須磨へ着いたら三時すぎになっていた。わたしは赤いショルダーバッグを、クサリ鎌《がま》のようにぶんぶん振り廻しながら、跳ねるような足どりで邸《やしき》へはいった。

白い車がとまっていて、その前には赤いスポーツカーも一台、様子が何だかちがう。

しかも玄関のドアチャイムを鳴らしたら出てきたのは、とっても若い、十八、九ぐらいのジーパンの女の子で、目を丸くしてわたしを見つめ、いそいで奥へ入った。入れ代りにやってきたのは小林夫人だった。夫人は今日は着物に白い割烹着《かっぽうぎ》をつけていた。つねに変らない笑顔で、

「にぎやかでしょう？　今日は若いお客さまがいっぱいで。どうぞ」

と入れてくれたが、玄関にも台所にも、同じような女の子がうろうろしていた。篠崎サンのいう「知り合いの女子大生」はこの人たちなのだろうか。

客間のピアノががんがん鳴っていて、ピアノのまわりにとりついた女の子たちが歌っていた。ピアノを弾いているのが、もしかしたら篠崎サンの知り合いの娘なのかもしれない。

いちばん声が大きくて、いちばん活発で、いちばん乱暴な身ごなしで、そしていちばん綺麗だった。わたしは、「バラの花びらを枕につめ」たり、「バラ風呂」に入ったりしたのは、この娘かもしれない、と思った。それは新城あや子先生よりもこの娘に似つかわしかった。きっと、そうなのだ。

女の子たちはわたしを見ても、挨拶も送らなければいぶかしみもせず、しゃべったり、食べたり、歌ったりしていた。篠崎サンはそれにしても、どこにいるのだろうか。

わたしはがっかりして、白けた気持になるのを抑えようがなかった。それと同時に、わたしの好きなこの邸を、わがもの顔にドアをあけたり、バタバタと走り廻ったりしている女の子たちに腹をたてた。べつにわたしの邸ではないけれど。

わたしはそっと、絨毯《じゅうたん》をしきつめた螺旋《らせん》階段をのぼっていった。

階下の騒音はつつぬけに二階に上ってくる。どの部屋のドアもあけっ放しになっていて、それは女の子たちが荒し廻ったあとのように思われた。寝室のドアもあけっ放してあって、カバーのかかったままのベッドに、服を着たなりの篠崎サンが眠っているのがみえた。

風は窓の白レースをひるがえし、ドアがバターン！　とひどい勢いで閉まって、わたしの視線を遮《さえぎ》った。わたしはノックした。

篠崎サンは目をさましたらしかった。ハアなどと、いっている。

「わたしです。庄田レイ子です」

「ああ……」

といってから、しばらくして、

「なるほど」

といったのは、おかしかった。

わたしたちは、小林夫人が持ってあがってくれたコーヒイを、海の見える廊下の窓で飲んだ。二階の廊下は広いので、古風な椅子とテーブルが置いてあり、そこは建物の正面になるのであった。

「ここの感じもいいですね」

といったら、顔を洗ってきて血色のいい篠崎サンは、煙草をふかしながら、

「明治村の、三重県庁の建物も、正面がよろしいなあ。……バルコニーがあって」

「そうですか？　知らないわ」

「明治建築は何となく、小さい時にたべたお菓子の家みたいでねえ。知らない？」

「行ったこと、ないんです、明治村」

「また連れていってあげよう」

窓の下に声がして、みると女の子たちがそろって家を出ていくところだった。二階にいる篠崎サンに手を振って、

「ごちそうさま。さようなら」

と叫んでいるのだ。篠崎サンもお返しに手をあげた。赤と白の車はつづいて門を出ていく。

「いいの？……」

「何が」

といって彼はすぐ、

「いつも、来ると勝手に遊んで帰ってるよ」

彼は、珍しいものを見せようといって、かくし部屋みたいなところへつれていってくれた。小さなドアをあけると、納屋《なや》のようなところだけれど、床の把手《とって》を持ち上げると、階段になっていて、それは下の物置に通じる。

「忍者屋敷みたいね」

とわたしはすっかり、気に入った。

「どうしてこんなところ、作ったんでしょ」

「防空壕《ぼうくうごう》へすぐ入れるようにという、戦争中の配慮でね」

「では、この階段を使って篠崎サンも防空壕へ入ったの？」

「いや。その頃《ころ》疎開してしもたから……」

その代り、いまはその階段を使って、温室を見にいきたいときはすぐいける、というのだった。

わたしたちはそこを下りた。途中から垂直の梯子《はしご》になっていて、下りきると、納屋の中で、ドアの向うは、温室になっていた。

小林氏がいて、たくさんの花の鉢に如露《じょろ》で水を撒《ま》いている。

「桜草ですよ。桜草って何十種類もある」

「何百種類」

と小林氏が訂正した。花の咲いている鉢も咲いてないのもあった。四季、どれかが咲いているそうである。

「一日に七へん、水をやりますのでな」

小林氏は、まるでノドの乾いている子供に水を汲《く》んでやるように、心配そうに思いやりあふれて、いそがしく、熱心に水をやりつづけていた。

そこから台所を通って、居間へいった。女の子たちの通ったあとは、台風に荒されたように散らかっていた。

「片付けましょうか?」

「いや、かまわんよ。散らかっているというのは人間的でええなあ。……僕ひとりでは散らかしようがないんでね。女の子たちがくると思いもつかぬ散らかし方をする」

ほんとに、紙風船やチョコレートの包み紙や、花びらや、何かの空箱、紐《ひも》、手袋の片はしなどが、あちこちに無秩序にちらばり、ピアノのフタはあいたままになっていた。古びたピアノで、鍵盤《けんばん》は黄いろくなっていた。

「そうそう。あれはまだ渡してなかったね」

「なんですか」

「ブローチ」

そういえば、それをもらいにいく口実にしようと心中《しんちゅう》考えていたのに、それをいうのさえ、忘れていた。わたしまで。

「待てよ。どこへ置いたか」

彼はすこし真剣になって考え、

「うーん」

と二階へ上り、またあわてて下りて来た。それから急いでガレージへ走ってゆく。

わたしはピアノを叩いて待っていた。

「あった！　車の中へ入れて忘れてた」

彼はそのとき、とても無邪気な、かわいらしい顔をしていた。

「もう、元通りになった？」

わたしは篠崎サンの手もとをのぞきこんだ。わたしのブローチはすっかり綺麗になって、赤いびろうどの箱に入れられていた。

「もとより立派になった。だいぶ前にできてたんですが、忘れとった」

「そうだろうと思った」

彼はブローチをとり出し、わたしに見せ、胸につけてくれた。それは、いつもし馴れている手付きではなく、ふいに思いついて、われしらず手がのびた、というふうなものだった。それで、自分で自分の所業をビックリしているようなところがあった。

20

結局、海の見える二階の廊下で、早いめの夕食をご馳走になった。どこかへいこうかと篠崎サンがいうので、

「ここがいいんです」

といったら、

「よっぽどこの家が好きなんやなあ」

と笑われた。でも、この窓からの眺《なが》めは一ばんよかった。すぐ前に深い色の秋の海がある。

白い船（淡路島通いの船）が、白い航路を曳《ひ》いて走るのもハッキリみえ、目の下に、花畠と青い樹々《きぎ》、ほんとうにこの家でいちばんいい場所だった。その狭いテーブルに、ぎっしりと皿やグラスを並べた。ハガキぐらいの小さなテーブルなので、のこりは窓際《まどぎわ》に並べなければならなかった。篠崎サンは、

「けったいなこといい出すよって、難儀する」

といいながら、寝室から木の丸い椅子を抱えて来て、横へ置き、テーブル代りにした。魚のフライやらコールドビーフやら、葡萄酒《ぶどうしゅ》の甕《びん》、そんなものでいっぱいなので、グラスを置くたびに、皿を動かして気をつけなければならなかった。二人でごちゃごちゃとさわっているのは楽しかった。

「今日は時計、鳴りませんね?」

ふと思い出していったら、

「やかましいので止めてある。一時間ごとにがたがたやられたんでは、騒音公害になる――ドアを閉めてれば、そうも聞えないけど」

「なーんだ、そうですか、さっきから、まだかまだか、と待ってるのに！」

「鳴らした方がええのん？」

「鳴らして！」

「注文の多いお姫さん」

と篠崎サンは立っていって時計の部屋へはいっていった。彼はそういいながら、わたしのワガママがそう不快そうにもみえなかった。彼が帰ってくるとわたしは聞いた。

「篠崎サンのコレクションは、時計だけですか？」

「時計は僕のやない。親爺の趣味やったね。僕は何もない。集めるより散らす方」

「では、あの時計も、売るか、あげるか、なさるつもり？」

わたしは心配になって聞いた。さっきの女子大生を見ていると今にも掠奪《りゃくだつ》されそうな感じがしたから。

「べつに……でも、あの女の子たちが欲しがっているから、そのうち取られるかもしれへん」

わたしはショックを受けてだまりこんだ。そうして自然にふくれつらになった。彼はそれを見て笑いながらいった。

「そのときは、庄田さんにもあげるよ」

「いいえ、一つ二つはいらないんです。いただくのなら、全部！　それより、誰にもあげないで、ちゃんとこの家に置いといて下さい。あたしも欲しがりませんから。でないと、あの時計は、ここから出したら、……」

わたしは、いろんな言葉をさがそうとした。この家のものはこの家にあるから光り輝くような魅力があるので、外へ持ち出したら、たちまち色あせ、古びたタダの古道具になってしまうように思われた。まるで魔法にかけられたように。

いま坐っている、この籐《とう》椅子も、ここにあるからこそ、ぎしぎしと鳴る音まで神秘的に聞えるのだ。あの美しい時計たちも、一つ二つと持ち出していたら、塩のとけるようにたちまち散ってゆく。町でみる時計は、きっと、手垢《てあか》で汚れた骨董《こっとう》にすぎなくなるであろう。

でも篠崎サンはそんなことに頓着《とんちゃく》なく、自分だけの考えを追っていた。

「僕の友人に、石仏をあつめてるのがいたなあ」

「どうして?」

「いや、酔うとやたら石仏が欲しくなって、エッサエッサところがして石仏を車に乗せて帰る。自分の庭にゴロゴロさしてる」

「バチが当らへんのですか?」

「当るやろうなあ、そのうちかためて」

「ひどい人ねえ」

「朝になって酔いがさめると、シマッタと思う。小さな、道ばたのお地蔵さんなんかでね、それを、どこで盗んできたか、場所がハッキリ分らないので、返しにいかれへん」

「今でもしてるの?」

「いや、もう何十年も昔の話。大学時代のことですよ。いまそいつは電鉄会社の副社長やけどね——親爺が社長やから——そいつのウチへいくと、庭は草をぼうぼうにして、あちこちお地蔵さんをまつって、中々、ピッタシ、おさまってるんや、これが」

二人とも笑ってしまった。

いつ彼と食事をしていてもたのしい。優との時みたいに、腹を立てたり悲しんだり、することはない。もう何べん御飯を共にしたかしら、なんて考える。

すんでから、送ってもらうことにする。食器を階下へ持っておりるのを手伝ってくれて、彼は車を出しにいく。

駅までと思ったのに、彼は駅をぬけて、まだ走った。

もう、外はたそがれていて風が冷たい。西神戸へはいって、市街地を北へのぼり、また折れ、とうとう、神戸の山手で車をとめた。

普通の住宅街の中に、一軒、ぽつんとある店で、ショーウインドーのなかに豪華な黒貂《くろてん》のハーフコートが一着だけ、飾ってあった。ドアのガラスが面取りしてあるせいか、灯にきらきら光っていた。

「ここは毛皮専門店なんで、あッたのあつめてる小物もあるよ……」

床の絨毯は空色なので、白や黒の毛皮のコートが引き立ってみえた。眼鏡をかけた老婦人と、彼女によく似た若い青年が、篠崎サンに挨拶した。

「小もの、と申しますと……」

と老婦人は音もなく近寄ってきて、わたしに微笑んだ。篠崎サンは、

「帽子はどう?」

と手あたりしだいに何かとりあげ、

「それはマフでございます」

なんていわれている。

「これも面白いのとちがいますか?」

と彼はわたしに見せたが、マフなどというものは、ソ連映画で見るだけで、雪のペテルスブルグは馬車から下り立った貴婦人なんかがしてるもの、本町《ほんまち》の会社につとめる女の子が持っていて、何としよう。

「いや、コレクションというものは、役に立たへんから面白いねん」

「使えるもんでないと、もったいないわ、あたし。――帽子にする」

篠崎サンは銀色のミンクの帽子をとりあげて、

「これは?」

といった。ミンクというのは見た眼は美しいが、手ざわりはしっかりしすぎて、それほど柔らかでない。わたしは、毛皮は、質のいいものより、腰のないクニャクニャと柔らかいのが好きだった。

「ウサギがいいの、白いウサギの毛皮がやわらかいから好きなの、一つ持ってるんやけど、型のちがうのが欲しいわ」

「一つ持ってるんなら、こんどは別のにしなさい、プレゼントするから」

でもわたしは、白いまん丸の、やわらかなウサギの帽子を、もうかぶっていた。それが気に入ったので、買うことにした。わたしもそのくらいのお金はあったけれど、彼に買ってもらったという記念が欲しかったので、

「じゃァ、これいただきます」

といった。

「せっかくの機会やから、こっちにしときなさい。こっちの方が値打ちあるのに」

篠崎サンがいい、わたしのあたまにミンクの帽子をかぶせようとする。値札をみたら、ウサギとはヒトケタ半ぐらいちがっていた。

「あんまり好きじゃない、だって、物々しィて、まるで喇嘛《ラマ》教の坊《ぼ》んさんのかぶってる帽子みたいやもん」

「あンたという子は時々ヘンなことというねえ。ラマ教の坊んさんなんか見たことあるの

ん？」

「ないけど、もしあったら、きっとこんなんやろ、と思うのよ」

老婦人が、ヒョウの帽子や、何やらと出してきた。でもわたしには、ウサギの帽子のほかは、みな、ラマ教の坊んさんの帽子にみえる。

「いや。これがええねん、ウサギ！」

「安上りでよかったよ」

と篠崎サンはいって、金を払ってくれた。箱に入れてもらった。といっても、ハンケチの箱のように、うすい、かさばらないものだった。

「どうもありがと」

と店を出て車へのりこみつついったら、

「欲のない人や」

と彼はいった。阪急線の駅まで送ってもらって別れた。別れるときはじめて握手した。

それはいいが、帰宅して、先に帰っていた母にこっぴどく叱られてしまった。食事の用意もせずにうろつきあるいて、というのだ。野良犬ではあるまいし。しかしわたしは幸福な気持だったので、口答えしない。

「それよか、今日の花嫁さんどうやった、きれいやった？」

ときいたら、母は大仰《おおぎょう》に首をふって、

「まあ、きれいな花嫁さんやったわ……レイ子と同い年でもえらい違い！　品があっておちついてて……。いつになったら、レイ子もあんな風になるのよ！　フワフワとたよりなく遊び歩いて、トシ考えなさい、トシ！」

とんだヤブ蛇《へび》であった。

それからしばらく、彼に会えなかった——会いにゆく口実がなかったし、彼からも連絡がなかった。結局、それだけの仲なのだ。

ないというと、どこからも連絡なし。優も何もいってこない。こういう時に電話しろ。

すっかり冬にはいったある日、わたしは会社で、航空機事故のニュースをきいた。また！　こわいねえ、などといいながら、美知子と帰ってきた。電車の中で、夕刊一面に大きくのっている、事故のなまなましい写真を、わたしは隣りの席の男の肩越しに見た。北海道から東京へ向う飛行機が、途中、東北の山脈で墜落したのだ。

帰って、母が、お吸物をあたためてくれてるあいだ、夕刊を見ていた。突如、わたしはケタタマシク叫んだ。

「花咲爺さんの名があるよ、お母ちゃん！」

夢中になるとわたしは、「お母ちゃん」という幼児語に逆行する。

「ほんと？　同姓同名やないの？」

「片カナやからわからへん、どうしよう?」

　とりあえず、電話機にとびついて須磨へ電話する。いくらかけても話中。だんだん、不安がたかまってゆく。しかし、母がととのえてくれたので食事をはじめた。でも、ふしぎや、味がちっともわからない。

　途中で箸《はし》をおいて、もう一度、電話してみる。こんどは掛った。若い男の声が出た。夏雄くんらしい。

「庄田レイ子ですが、いま、新聞で見たんですけど、あれ、ご本人なんでしょうか?」

「ああ、そうなんです、北海道支社へ出かけられたそうなんですが、よくまだわからないので、会社の連絡を待ってる所です」

　平生《へいぜい》、口少なの彼だが、今夜は、それだけ、てきぱきといった。

「わからない、ってどうして?」

「予定より早い便なので、もしかしたら乗ってないかもわからない、予約だけして」

「ああ、それやったら、ええのにね!　乗ってなければ!」

「もう少ししたらわかります」

　と夏雄は緊張した声で切った。でも事故は四時ごろというし、いままで連絡がないのだから、ひょっとしたら……。

「どうしたの、姉ちゃんは」

とクミ子が母にいっている。

「花咲爺さんが落ちたらしいのよ」

「木から?」「なんの話」「だっていま、お母さん、花咲爺さんが落ちた、っていうもの」「飛行機事故よ、レイ子の知ってる人が乗ってるって」「ホーント」

などといい交わしているのが、ヒトゴトなので、間をおいてのんびり話してる、それがわたしにはたまらない感じだった。

あの男は、そばにいるときより、遠くにいるときの方が強烈な放射能を当てるのである。

わたしは、彼の放射能からのがれられなくなっている。そのくせ、どうしても彼の顔がおもい出せない。はじめて美知子と彼の会社へいって、会ったとき。須磨のバラ屋敷で、彼がはだしで歩きまわってコーヒイを飲んでいた恰好。――その雰囲気や姿は思い出せるのに、顔は思い出せない。いらいらが昂まって涙が出てきた。もう一度、電話する。

「あ、レイ子さんですか?」

出てきたのは小林夫人だった。彼女の声ははればれしていた。

「大丈夫でした、一便遅れになさったそうで……ええ、いま東京だそうです、もう、おたちになったかも知れません、お元気なお声でしたよ。夏雄に、伊丹《いたみ》空港へ、車を持ってきてくれと電話でおっしゃって。いま、夏雄は出ました。――会社では、現地へ飛んでいた社員の方を呼びもどすやら、あちこちへお見舞のお礼に走るやら、うれしい大さわぎですって――」

わたしは聞きながら涙がひっこんで、にやにや笑いがこぼれた。コートをとりあげ、ウサギの毛皮の帽子をかぶった。あえるものなら、伊丹の空港で彼を待ち受けたかった。

21

伊丹空港のカウンターは人でごった返していた。その混雑ぶりには只《ただ》ならない殺気さえ感じられた。どの航空会社のカウンターもいっぱいの人であった。あわただしく走ってゆく数人の人もある。アナウンスはくり返しくり返し、何便が欠航、何便は何十分おくれる、などといっている。

乗客たちが出てくるはずの出口には、たくさんの人々が固まって、まちかまえていた。わたしはそのあたりへ近づくこともできなかった。

乗客が出てきた。わたしはその中に、やっと彼をみつけた。篠崎サンはおちついた足取りで、小さい皮のケースを持ち、レインコートを着て出てきた。そしてすぐ、出迎えの人々にとりまかれてしまった。彼の次に出てきたのは高名な女性の流行歌手で、大きなサングラスで顔をかくし、白い毛皮の外套《がいとう》にくるまっていた。彼女もまた、出迎えの一団に抱えられるようにして連れていかれ、フラッシュをたかれて、写真をとられていた。

篠崎サンは写真はとられないけれども、そのまわりをひしととりかこまれて、しばらくその輪の中で、人々と談笑したり握手したり、鄭重《ていちょう》におじぎをしたりしていた。疲れたようすはなくて楽しそうだった。

わたしはサーカスの天幕の周りをうろうろあるいて、タダでもぐりこもうとする人のように、その輪のそとをひとまわりした。

人々があるき出したので、彼の姿も見えた。彼は横にいる人に、笑いながら何かはなしていた。

その横顔が何ともなつかしかった。それと共にわたしは、彼がやっぱり、わたしとは全然、別な世界の人であること、責任のある地位にいる人、社会的に市民権があると大きな声でいえる人、たくさんの仕事や人間について影響力を持つ人、つまりオトナであることを痛感した。

外の世界へおいてみると、彼はわたしと一緒にお好み焼きをたべたり、はだしでコーヒイを淹《い》れたりする人ではなかった。わたしは彼にあったら、よかったね！　と叫んで握手したり、「悪運のつよい人」と背中をぶったり、「命拾いのお祝い」に二人だけで車でどこかへ出かけたり……そんなことができるように思っていたのだ。

でも、そんなことをわたしがする権利は何もないのだ。彼は、わたしの夫でもなく、恋人でもないのだから。

それで、わたしは外へ出た。タクシー乗り場にならんで、ガラス戸ごしに、篠崎サンの一行を見ていたら、彼は人々にかこまれたまま、建物のそとへ出るところだった。ふと、こっちを見た気がしたので、わたしは思わず手袋のまま、手を振った。しかし彼はすぐ、人々の背に遮られて、見えなくなった。でもわたしは、彼と視線が合ったと思う。

しかたがないので、タクシー乗り場で待っていたら、しきりに車のクラクションが鳴る。ひょいとうしろを見ると、黒い車が向うに止っていて、窓から手招きしているのは夏雄だった。

うしろには、篠崎サンもいた。

わたしは走っていった。

「送ってあげる」

夏雄はニコリともせずにいう。篠崎サンは車のドアをあけてくれたので、わたしはうしろへ乗った。篠崎サンの方はこれは常に変らず、ニコニコしていた。

「迎えにきてくれたの……」

「ウン」

「それはどうも。白い帽子が見えたから、そうではないかと思うたけど……」

「…………」

「実は、あの便に乗りおくれてねえ。もうおくれたと思ったんで、えい、ままよと支社で腰おちつけてしゃべっていた」

「………」

「もう少し早う仕事が片付いていたら、乗ってたね、おちた飛行機に」

「………」

「どうかした？」

「いいえ」

あんまりうれしくて声が出ないとはいえない。わたしはもし彼が遭難してたら、どうだったろうと考えると、急に涙で眼が熱くなり、鼻の奥が痛くなった。もし彼がもう二度と帰らなかったら、あの時計のたくさんある、花畠と海をもつ家の記憶も、わたしの心の中にしまいこまれ、彼は記憶の中で笑ったりしゃべったり、コーヒイを飲んだりしていただろう。

でも、彼は現実に、生きているのだ。

やっと今になって、恐ろしい運命からほんの紙一重《かみひとえ》で、彼が助かったという実感が身に沁《し》みた。それはとても恐ろしいことだった。わたしは赤くなったまぶたを隠すために窓の外ばかり見ていて、仏頂づらでいたけれど、ほんとはあんまりうれしいのと恐ろしくなったのとで、心が打ちのめされ、言葉が出てこないのだった。

「何を怒ってる」

と篠崎サンが笑いながらいった。

わたしは彼をふりむいた。

自分でもどうしようもなく、涙が盛り上ってきた。車内は暗いけれど、外の建物の灯《あか》りが強いので、わたしの涙はきっときらきら光って見えたにちがいない。

わたしは恥ずかしかったので、唇を引きしめて、怒った顔になった。手袋の端で目を拭《ふ》いて、

「心配したもん」

と小声でいった。

篠崎サンは微笑して、腕をまわしてわたしの肩を抱いた。そうすると、彼の指がわたしの肩に生きもののように触れた。

「そうか。怒ってるのやないのか、何か、ふくれてるのかと思ったよ」

わたしはだまって、靴の先で、床の敷きものを蹴《け》っていた。

「もしかして、僕が死んだか、生きてるかで賭《かけ》でもして、負けたのかと思うたなあ」

「そんなこと……」

「ちがいますか?」

わたしは笑い出した。彼の胸にあたまをつけて笑ってるなんて、信じられないくらい、

うれしいことだった。

「そうね、考えてみたら、賭けたらよかったわ、夏雄さんとでも」

「生きてる方へ賭ける？　死んだ方？」

「もちろん、生きてる方。憎まれっ子世にはばかるッて、こんな人のことをいうのやない？」

「僕のことか」

「そうですよ。絶対、死ぬはずないわ、絶対」

わたしはまた笑った、こんどは心の底からはればれした笑いかた。

美しい夜だった。外の寒さはきびしいので、灯はみな、きらめいて、強い輝きを放っていた。寒気で磨《と》ぎすまされた町の灯の中を、車は走った。

「泣いたり笑ったり、いそがしい人やなあ」

と篠崎サンはいった。わたしは手負いのウサギのように、彼の胸の中へじっと抱きしめられたままでいた。胸に耳をあてていたら、人の考えてることがわかる、心理盗聴器とでもいうようなものがあったらいいのになあ、などと思いながら……。

わたしはいま、篠崎サンが何を考えているのか知りたかった。おそろしい運命の偶然から、ふしぎにのがれて、たくさんの人の挨拶をにこやかに受け、気を張っていた彼が、独りになったとき、何を考えているんだか……。

彼にはそれを打ちあける人も、そしてまた、大っぴらに彼にとびついて抱きしめ、大きな声で思いっきり、「よかった、よかった、生きてててくれてありがとう」と叫び、顔中を涙で汚すような人も、彼にはいないのだ。

そう思うと彼はかわいそうだった。わたしが、どんなに彼が生きてたのをうれしがってるか、……でもそれは、恥ずかしくてとても、いえなかった。

いえることは、彼の顔を見あげて、

「疲れたでしょう?」

とささやくことぐらいだった。

彼は何かに気をとられたように返事しなかった。しばらくして、うん、といった。それから腕時計をみて、

「須磨へくる? 時間がおそいかな」

「………」

「おそいかもしれんねえ、この次にする?」

わたしは、強引に来い、といってほしかった。きっと、夏雄がいなければ、いくわ、といったろう。

家のちかくを車は走っていった。わたしは夏雄に道を説明するために、篠崎サンから身を離さなければいけなかった。こんなにはやく着かなくてもいいのに! 見おぼえのある

町に、車ははいっていた。

「今日はとてもうれしかったわ、……」

とわたしが、家の前に着いたときいうと、

「またゆっくり、遊びにおいで」

「いつ？　こんどの日曜……」

「うんうん」

わたしは手をさし出した。握手した。とてもあたたかで力づよい手。そういえば、彼に肩を抱かれてひきよせられたとき、わたしの感じたのは、力づよい安らぎで、ねむけを誘われるような幸福感だった。

「こんどヒコーキにのるときは教えてね、賭けるから」

とわたしがいうと、彼は笑った。わたしは、また彼を笑わせたことが嬉しかった。夏雄はわたしに、ちょっと合図して車を出した。

彼と別れるが早いか、わたしはもう彼とあうときのことばかり考えていた。わたしはあと一週間、どうやってすごそうかと夢中だった。日は、篠崎サンとあうためにばかりたってゆくように思われる。

火曜日に帰宅してみると、珍しく、優から手紙が来ていた。

ほんとうに一枚きりの便箋《びんせん》に、

「前略。もし都合つけば、お金を貸してください。必ず、返します」

とあって、金額がかいてあった。しかし、いつ、どのようにして返すというのは、なかった。それはわたしのサラリーの一月半ぶんである。

わたしは怒るとか呆《あき》れるとかいうより、疑問で一ぱいだった。どうしてわたしと優は、こう気持がちぐはぐにばかりなるのか……。

わたしは、家の電話は使いたくなかったので（父が早く帰って、居間にいるから）外の公衆電話を使った。十円玉をうんと持っていったが、幸い、彼は在宅していて、すぐ、出てきた。

「あたしよ、マアちゃん。……手紙見たわ」

「ん」

「いそぐの？」

「まあ、ね。すまんけどたのむわ」

優は素直にいった。

「家をとうとう、手放すようなことになってねえ。……親爺ら、ゆき先がなくて」

「売ったの？」

「そのあたりやね。でも借金には足らんらしい」

優はヒトゴトのようにいった。そして、

「体、わるくしてね、寝てたよ。バイトも休んだ。——それで……レイ子にちょいと、二、三月貸してもらえればね、へへへ……」

優は何となく、卑屈にひびくような笑い声をたてた。わたしはそんな笑い方をする優は見たくなかった。電話なので、よけい、声の表情がよくわかった。わたしは物悲しく、

「あたしもお金はないけど、考えてみるわ——それでどこへ持ってゆけばいいの?」

「送ってくれる? 下宿まで。速達にしてや、たのむわ。……ああ助かった、あとでまたかためて礼はする。——この間からロクなもん食うてない。じゃァ早いとこ、たのむ」

と彼は、電話を一方的に切った。

わたしはすこし、優に対して腹が立った。彼は、彼がわたしに及ぼす影響を見こして、そんなことをいっているのである。すこし、間をあけてもいいだろうと、わたしはすぐ送らなかった。全額すぐ送ったら、よけい心を傷つけられるような気がした。

五分の一ぐらいを先に送った。それから返事を待ったが、着いたとも、うんともすんともいわない。

そうこうしているうちに、日曜がきた。

わたしは土曜の午後、大いそぎで家へ帰った。着ていく服のアイロンをあてたりしなければいけないからだった。クミ子が、わたしのいないときに、優から電話があったといったけど、ふーんとわたしはきき流しておいた。篠崎氏とのことは、わたしには未完の小説

のように、心ときめくものに思える。そのほかのことは当分、あたまにも入らない。こういうのが「のぼせ上ってる」という状態かな、と思ったりする。

日曜の朝、須磨へ電話を入れてみたら、小林夫人が出てきた。

「今日、いらしてますか、篠崎サンは……」

「いいえ。おとつい、ヨーロッパへおたちになりましたよ」

「ヨーロッパへ……いつお帰りになるんでしょう、お仕事ですか？　お一人で？」

「常務さんたちとご一緒ですから……。半月ばかりだそうです」

わたしは呆然《ぼうぜん》と電話を切った。わたしのことなど、篠崎サンは何も考えてはいないのだ。わたしの方は、「日は彼とあうためにのみ経《た》つ」と思っていたのに……。

22

金谷美知子ことミイ子は、会社を辞めることになった。来年の春、貝原宏と結婚式だからだ。

「貝原さんはてっきり、庄田さんの方だと思ったけどな」

と杉本まり子がいうのも、あまり、いい気はしなかった。

美知子のいない会社、それも、つぎつぎと売れていって、もはや、あとに残るは売れくちのないのばかり、という会社にいるのは、侘《わび》しかった。だが、まだおふじさんのようなハイ・ミスもいるのだ。しかしおふじさんはこのところ、年下の清瀬くんと意気投合してる感じである。

あるいは、二人は年齢の差など蹴《け》とばしてゴールインするかもしれない。——といって、わたしは、おふじさんをうらやましく思ったり、美知子を嫉妬しているのでもなかった。貝原宏も清瀬くんも、べつにわたしの恋人ではないから。

——でも、わたしがもし篠崎サンに会わなかったり、優を知らなかったりすれば、……ひょっとしたら、貝原宏や清瀬くんを、恋人にしたい、と思ったかもしれない。

篠崎サンも優も、その点では、わたしに恋の何であるか、遠く離れていて憎らしく、会っていて、心がドキドキして、縮んだり大きくなったりするほど動揺する、そういうふしぎな気持（それが恋だとしたら）を、教えてくれたのだった。

そして、遠く離れているとき憎らしく思えるのは優であり、会っていて動揺するのは篠崎サンであった。

美知子の歓送会を、若い人たちだけでした。

「ともかく狭い、狭い、何にもはいらへんのよ、ベッドも鏡台も買うの、やめたわ」

美知子は新しく借りるはずのアパートのことをうれしそうにしゃべった。まだ出来ていなくて、結婚式のひと月ぐらい前に完成見込みとのこと、まるで自分たちが新築するみたいに、宏と、しじゅう工事を見にいっているそうである。

「くそッ、ヤットコでひねりたくなるわ！　かりかりくるなあ！」

と杉本まり子が叫んで、みんな笑ってたけど、わたしも同じことを考えていたので笑えなかった。しかも、杉本まり子を、わたしはあんまり好きじゃなかったので、そういう女の子の考えてることと、わたしの考えてることが同じだということは、よけい、わたしを面白くなくさせた。

中華料理店を出て、みんなが別れるとき、美知子はわたしに、

「ああ、レイ子と別れるのが一ばんさみしいわ、ねえ、結婚したらあたしたちの家に、一ばんはじめに来てね」

と、さも何か特権でも授けてくれるようにいった。新居を皮切りにひやかして、何かいいものでもくれようっていうのかしらん。

美知子は優のことをいって、わたしの背中をどやした。

「まだ、何とも恰好《かっこ》つけへんの？」

「当り前よ。向うは大学生よ」

「うまくいくように祈ってるわ」

「どうもありがとう」

なんて、幸福な人間は、よく気がついて親切で、こちらは礼をいわされてばかりいる。

美知子にいわれたせいでもないが、次の土曜に、わたしは京都へいった。あらかじめ連絡が取れなくて、行ってみるとるすだった。しかしわたしは、なぜかそんな気がして、おどろかないで、四条通りの「赤ふん」へいってみた。

久しぶりで、その安ものらしいがやがやした店の雰囲気、学生の多い猥雑《わいざつ》な活気が、なつかしかった。——ここへくるとわたしも、年相応の若さをとりもどすように思われた——それで好きだった。つまり美知子や杉本まり子たちに煽《あお》られるようなむなしい結婚への空想、それに、篠崎サンといるときの、贅沢《ぜいたく》な安らぎは、何か、ニセモノめいて感じられる。

土間はもういっぱいで、わたしは突立って眼でさがしていた。

と、白いもめんのきれで、あたまを包んだ太った女の子が、ぷりぷりした顔のまま、じっとわたしを見ていた。サッちゃんだ。彼女はニコリともせず、わたしの視線を捉《とら》えると、その眼を、階段下の席へ向けた。

見ると、優が、一人で飲んでいた。

さすがにうれしくなって、

「マアちゃん」

とその席へいった。

優はおどろいて顔をあげた。——そして、わたしの方がおどろいた。彼はとても痩せて、眼を見ると、もうかなり酔っているようなのに、顔色は悪かった。

「来てくれたのか、よくわかったね、ここ」

優は機嫌よく口をひらいて、わたしを向いに坐らせた。愛想のいいのは、酔ってる証拠である。

「飲めや、レイ子」

「大丈夫なの？　お金持ってきたんやけど、今日は――」

「すまん」

「残り、全部、持ってきたわよ」

「借用書、書くよ」

わたしがお金を出すと、彼は無造作にズボンのポケットへねじこんで、

「今日は飲めるなあ……サッちゃん！」

と呼んだ。それから手を叩いて、

「じゃんじゃん持ってきてくれよ、この前の分も払うよ！」

といった。サッちゃんがお酒を持ってくると、優は、

「景気のわるい顔、するない！」

と、サッちゃんの尻を打った。そしてわたしを見て、卑屈に笑った。

その笑い顔は、いかにもうとましい顔であった。痩せているので、頬《ほお》にも、口辺にも、

いっぱい皺《しわ》ができて、わたしの知ってる優のようではなかった。何よりも、荒廃した感じが彼の顔を暗く隈《くま》どっていた。

「もう飲まへん方が、ええのやない？」

わたしはそう言いながら、それでも彼にお酒をついだ。

「おや、ええ帽子かぶってるやないか」

優はわたしのあたまから帽子をとりあげた。

そして自分でかぶった。わたしはなぜだか（ケチからとは思えない）汚されそうな気がしてイヤであった。それで奪いとって、優の手のとどかないところへ置いた。これは篠崎サンに買ってもらったものである。

「この前、電話したの？」

わたしはビールをもらってすこし飲んだ。日本酒も飲まないではないけれど、どうもこの店で飲むお酒は、ヘンな味がするような気がする。

「ああ、毎日電話してたねえ。居るす使いやがって」

「そんなこと、ないわよ。――会社にいるあいだやったんでしょう？」

「どうだか、わかるもんかい」

「ヘンなマアちゃん」

わたしは腹を立てていた。

「今夜はちょっと、ヘンよ——もう、出ましょうよ」

優はあんがい素直に、うん、と言ってレジで勘定を払っていた。彼がズボンのポケットからくしゃくしゃになった札をつかみ出すとき、大げさにいうと、調理場の兄さんたちも、おかみさんも、サッちゃんも、給仕の少年も、みな、息をつめ、手を止めて彼を見ている感じだった。

わたしは優を支えて店を出た。サッちゃんはぶあいそうな子だけれども、心はそうでもないらしく、縄《なわ》のれんを揚げて、わたしたちのために見送ってくれた。わたしはサッちゃんにそっと聞いた。それは、さっきの店の人たちの態度から感じたことだった。

「だいぶ長くいたの？　あの人」

「店あけから飲んでる。四時から——」

サッちゃんは、はじめて聞いたけど、太い、濁った声で男のようだった。荒々しい悲しみとでもいうような、ぶっきらぼうな口調である。

新京極のきらびやかな通りをあるいた。優はときどき立ちどまり、あたまを振った。

「酔ったの？　気分わるい？」

「大丈夫。レイ子が来たから急に酔いがまわった。安心してんやろなあ……飲んでたけど金がないので、どうしようか、思てた」

「じゃ、あたしが行かなかったら、どうするつもりやったん？」

「ツケにしてもらうけどね、それは……」

こんなに若くて、そう飲んでたら、どうするんだろうと思う。わたしは優の心がちっともつかめないので、もどかしかった。

「何か買ってやろうか、レイちゃん」

買うったって、わたしの金ではないか。わたしが黙っていたので、優にもその思いが通じたらしく、

「オイ、僅《わず》かばかりの金、貸したからって、そう威張るな、イナカモン！」

といった。

イナカモン、というのはふしぎな罵倒《ばとう》である。であるが、わたしにはこの場合何となくわかる気がした。しかし、それでは優は何だ。人の金を借りて飲んでる方が垢《あか》ぬけて都会的だとでもいうのだろうか。

「威張ってんのはどっちよ、いやな人」

「何を？　タコがスミ吹くような口付きしやがって」

と商店街のまん中で、言い合いになった。

「帰るわよ、あたし」

「うーん、なぜこう、レイ子とはすぐケンカになるのかなあ。会わないでいると淋しいくせにな。オレ、すぐ怒らせるんやな」

「そう、素直にいえばいいのよ」

「いえたら苦労するかい」

二人とも笑って、また、どちらからともなく手を握りしめあい、もつれ合ってあるいた。ああ好きやなあ、優って。素直なときのマアちゃんはとても好き。優の心の中の、いいものがゆたかに流れ出してくる気がする。

わたしは、舞妓《まいこ》さんの挿《さ》すような、つまみ細工のかんざしを買ってもらった。ピラピラがついていて、とてもきれい。使わないけど飾っとくだけ。射的屋があったので、二人でやってみた。コルクの弾丸《たま》をつめて、射《う》ったけど、酔ってても優の方がうまくて、セトモノの招き猫を落して、それを貰《もら》った。

店が尽きて、もう町なみは淋しかった。わたしが優とあう思い出の町は、いつも新京極や四条河原町であった。それから、御所の庭、それも、丸太町通りに面した堺町御門のあたり……わたしは京都の町がとてもなつかしく、好きになっていた。それは優への思いとわかちがたく、ない交ぜられているものである。

でも、どうして、その夜にかぎって、深い情趣が身に沁《し》むような気がしたのだろう？

「もうおそいか？　帰る？」

優はわたしの手首を持ちあげて時計を見た。

「いっぺん、朝からゆっくりおいでよ」

「日曜はおけいこへいったり、何やかや、出られへんわ」

「会社、一日ぐらい休めよ」

「そうする」

「電話したら、出てくれよ。居るす使わないで。——僕が電話するのはよくよくの事なんや。よっぽど、レイ子の声が聞きたいときなんや」

「まだいうてる。居るすなんか、使いませんって——」

四つ角の、凹《へこ》んだところにお地蔵さんを祀《まつ》ってある、そんな横丁の路地で、キスして別れた。

そうして別れるが早いか、優を、わたしはちっともわかっていない、と痛感して、どうしようもないふたりの仲を絶望的になったりするのだった。

その二週間ぐらいあとだったと思う、とても寒い日曜日。

わたしは洗濯ものを干していたが、片はしから凍りそうで、軒下に竿《さお》を入れて、寒風をよけていると、階下からクミ子が、お客さんだと呼んだ。

玄関へ出てみると、思いがけない、小林夏雄だった。母が、寒いから上ってくださいとすすめているところだった。

「いや、ここでいいです。車を表にとめてますから。——あの、これ」

夏雄はわたしに紙の袋を渡した。

「おみやげらしいです、ことづかりました」

「なあに？　誰の？」

「篠崎さんです。じゃ……」

彼は微笑してわたしにうなずき、上りかまちに膝《ひざ》をついている母にも、あたまを下げて挨拶した。そんなところが、ハキハキして、きちんとした彼の性格を思わせた。

「もう、ヨーロッパから帰ってらしたの？」

わたしは、彼を外まで見送りに出た。見なれた、篠崎サンの車があった。

しかし、わたしの会いたい人は、車の中にはいなかった。夏雄は運転席へすべりこんで手袋をはめながら、

「ええ。でもいまは東京です。いずれは東京で住まれるんじゃないですか？」

「どうして？　関西にはお住みにならないの？」

「ハア。奥さんが東京ですから」

「奥さんて……」

「ヨーロッパで結婚されたみたいですね、篠崎さん」

23

わたしはしかし、取り乱している所を、夏雄に知られるのはいやであった。にこにこして、猫撫《ねこな》で声で、

「ほーんと。ちっとも知らなかった。お祝いしなくては」

なんていってた。そのくらいの芝居っけは女なら誰でもあるし、これはウソッキの中にはいらない。

「ね、その方、どんな方?」

わたしは車にのりこんでる夏雄に聞いた。夏雄はもう車を出すばかりだったが、またドアをあけて、わたしと話すポーズになった。

「よく知らんけど、何か、仕事を持ってるえらい先生らしくって……。僕は知らんけど、お袋がそういってました」

「ああ、じゃ、新城あや子先生ね?」

わたしはいっそう、にこにこして、その噂の主に対する親愛感をみせようとしていた。

「それなら、知ってるわ、お目にかかったこと、あるわ」

「いや、ちがいます」

夏雄の答えは明快だった。

「音楽の先生らしいですねえ。東京にいられるらしいんです。新城さんなら知ってるけど、あの人ではないらしい」

「篠崎さんは、いま、どこですか？　どこにいけば会えますか？」

「ずうっと、東京ですよ。……本社が東京に移るらしいんで、その仕事で忙しそうやね」

「会社も移っちゃうの、そんなら、あの須磨の家はどうなるの？」

「それは、あのままやないかなあ……ただ、僕たちがひっこすから」

「え？　小林さんたち？」

「あのね……」

と夏雄は、今までと打ってかわった熱意を見せて、わたしの方に向き直り、ハンドルに腕をあずけて、にこにこという。

「こんど、あそこからずっと奥へはいったところへ土地を買《こ》うてねえ。一家で移転する」

「まあ。すると、あの、バラのお花畠も世話する人がなくなるやないの！」

わたしはもう、猫撫で声や、作り笑いをしていられなかった。わたしは泣き出しそうな思いに捉われていた。わたしの好きなものが、どんどん、片端から水のように、流れていってしまう。掬《すく》いあげても、指のあいだからこぼれてゆく。

「いや、それが、やねん……」

夏雄は、反対にとても明るい顔になった。眉の濃い彼が、眼をいきいきさせると、いっぺんに顔に灯がつくような感じになる。

「僕、その田舎で、バラ作りをやるんや……つまり、花屋をしようと思う。自信のあるバラを作って出荷するよ。あそび半分のあんな庭ではないよ、一生の仕事にするんやから」

夏雄は気負っていうが、わたしは夏雄の仕事なんかどうだって知ったこっちゃないわ、と思っていた。

「じゃどうするのん、あのおウチ。売ってしまうのかしら!」

わたしはせきこんできいた。

「それはないと思うな、社長サンかて、気に入ってるウチみたいやし。古くからのウチやからね」

夏雄は、篠崎サンのことを、社長サンと呼んでいるらしかった。

「子供サンでもできれば、また、あそこへ住むつもりかもしれへん。でも、それまでは人に貸すかもわからん、ともかく親爺もお袋もいなくなると、管理するもんがなくて家が荒れるし……」

家が荒れようと荒れまいと、わたしはまたもや、気にならなくなり、今度は、子供サンができれば、という夏雄のコトバにひっかかった。

「子供サンができるの?」

「知らんよ、まだ、この間、結婚したばかりやから」

夏雄は笑い出した。

「あそこへも、もう遊びにいけなくなるわね」

「いつでも来たらいいよ。引っ越すのはまだ、ずーっと先やから。僕らのいるうちに来たら？」

でも見たいのは邸や庭ではなく、ほんとうは彼なのだった。

夏雄が帰ってから、おみやげを開いたら、白い紙に包まれたヒョウの毛皮のハンドバッグだった。無造作に包んであるけど、高価なものだろう。

むろんというのか、意外というのか、手紙もメモもなかった。

何となく、すごいショックで、クミ子が来て、

「わあ凄い、これ、時々貸して。ね、いいでしょ、貸してよ、ね」

とうるさくいうのへ、なま返事していた。

机の前に向ったけど、礼状をかく気もおこらなかった。

まさか、と思ってた。

あんな年のオトナが、結婚、なんて小《こ》ッぱずかしいことするはずない、と、何の理由もなく信じてた。結婚などという華やかな、派手な、はずかしげもないセレモニーは、貝原宏と美知子のような、また、笠井くんとたみ子のような——ヤットコでひねりたくなるほ

どイチャイチャしてみせつけたり、お祝いに博多人形を贈ったりするような、若い人々のあいだでしか、行われないもんだと信じてた。

一歩ゆずって、せいぜい、おふじさんや、雪村課長ぐらいの年のひとがするぐらいのもんだと思っていた。

もっとも、七十ぐらいの人から見れば、四十なかばというのは青春時代じゃよ、というかもしれないけれど。

わたしは気落ちして、生きる張合もないかんじ。

どうして、結婚なんか、するの！　わたしがあんなに好きだったことが、わからないの、と言いたい。といって、わたしは彼と結婚するなんて、考えたことはなかった。ただいつも感じてたのは、彼と一緒にいるときの、あの雲を踏んでるような、ワクワクしたうれしさ、それだけだったのに。

妹のクミ子が、そのとき、下から叫んだ。

「電話よ！」

わたしはガバとはねおきた。

「誰から？」

「北村さん——っていうてるよ」

わたしはまた、へなへなと、尻をおちつけてしまった。

「いないって――いうて」

「いる、いうてしもた！」

「さっき出ましたッていうて」

「そんなん、いうてる間に、出たらええやないの！」

「一時間くらいしたら、こっちから、かけますっていうて」

わたしは手当りしだいにいった。

一時間というのは、ショックから立ち直るのに見合せた時間ではないのである。

優は、このまえ、居るす使うなよ、と哀願していたけれど、いまはどうにも、体を動かすのも、いやだった。

ただ、何もしたくない、という気だけである。

わたしは篠崎サンの世界の外側の人間で、全くかかわりなく生きている、アカの他人なのだと痛いほど感じた。彼がわたしを子供扱いしていること、マトモに人間の数の中へ入れていないことを痛切にわからされた。でも、それならどうして、今まで、あんなに、やさしくするんだろう。

彼にしてみたら、それは、何でもないことで、あたり前にふるまっただけ、それをヘンにとったわたしの方がわるいというだろう。

でも、――たとえば、あのブローチを修繕してくれるとか、毛皮の帽子を買ってくれるとか、雨の日の嵯峨野の思い出とか、……それに、こんなふうにヨーロッパへいってまで、わたしのことを忘れずにおみやげ買ってくれるとか……。どうしてそう、やさしくするのだ。

人生には、やさしくしてはいけない場合や、人もあるのだということぐらい、彼ほどの年輩になって、わからないのかしら。

ここまで、ここまで、と手招きされて、ぽんと突き放してしまわれるような、そんな感じである。

ちっちゃなとき、わたしたちは大阪の下町に住んでいて、その近くには昔の闇市《やみいち》のなごりの大きな市場があった。そのはずれに、あまりはやらない金物屋があった。

そこの兄ちゃんは店番しながら、よくわたしたち子供のあそび相手になってくれた。でも店が忙しくなったり、自分が飽いてきたりすると、キャラメルをひとつかみ、くれて、

「さあ、もう、お帰り。またおいでな」

というのだった。

わたしはそのやさしい兄ちゃんが大好きで、そういうとき、とても名残《なご》り惜しくて、帰ってもすぐまた遊びにいきたくなったが、いま思うと、彼の「またおいでな」というのは、追っぱらうときの言葉だったのだ。

篠崎サンのやりかたは、わたしに、「金物屋の兄ちゃん」を思い出させた。

わたしは、わたしを人間の数の中にも入れていない男に向って、ひとり相撲をとって、ワクワクしたり、期待したり、心をいためたり、していたのだった。

もういっぺんくらい会って、おみやげの礼をいったりしたいと思ったけど、でも、もうその機会はないだろう。だって、いままでの機会も、みんな、わたしが作っていたのだから。

失恋、というようなものでなく、じんじんと体の一部が冷え、凍ってゆくような感じ。

夕方になって、優のことをやっと思い出し、家から電話を入れてみた。

「おるすどっせ」

という、つっけんどんな返事である。「赤ふん」の電話番号をしらべてかけてみたら、

「北村さん？……ああ。おとついかな、見えてたけど、きのうも今日も、来てはらしません」

という女の声で、サッちゃんではなかった。電話の奥に、例の、耳もつんぼになりそうな喧騒《けんそう》がひろがっていた。

「ありがとう」

と、わたしは切った。

優はどこからわたしに、電話したのだろうか。

そのあくる日は、会社の創立記念日で休みだったので、わたしは、久しぶりに朝から京

都へ出かけた。

優の下宿は、カギがかかっていて、これは珍しい。おとなりへ聞くと、「爺さんと婆さんは今朝からお寺へ行かはった、下宿してはる学生はんは、この二、三日、お姿見てしまへんのどっせ」ということだった。

しかたないので、河原町をぶらぶらして帰ろうとしていたら、おふじさんと、清瀬くんにばったり、あった。

あわてて挨拶だけして別れようとしたら、

「まあ、ええやないの……。一しょにおひる食べましょうよ、奢《おご》るわ」

とさそわれた。それで、三条のてんぷらやへ上って、おふじさんにごちそうになった。

「偶然、発見したんだけど……」

とおふじさんは自分のてのひらをひろげ、つくづくと見て、

「私、年下の人とうまくいく、という線が、この頃ハッキリ出てんの」

といった。それが、いいたかったのかもしれない。

でも、その日はわりに楽しく、別れた。
二、三日、寒い日がつづいた。寒さのきわまりのころだったかしら……。課へ新しく入ってきた女の子と、一緒にお茶を飲みにいって家へかえったら、一通の手紙が来ていた。
優からだ。

「ここは暖かです。植物園へ入ったら、蘭《らん》、チューリップ、ヒヤシンス、桜草が咲いていました」

とあって、二行ほど抹殺《まっさつ》してあった。それから、

「さよなら。いつか、また、『赤ふん』へいきましょう。この間、思いがけなく、『赤ふん』へ君が来てくれたときは、うれしかったな」

とあった。そのあと、ずうっと白いまま空白で、末尾に、

「さよなら。いろいろすみませんでした。レイ子様。優」

とある。

わたしは、へんな胸さわぎを感じた。封筒には「白浜にて」とあるので、和歌山県の白浜からだろうか。

わたしは、なぜか、すぐにも、優の下宿へいってみたい気がした。

電話をかけた方が早いのに。朝、かけてみようと思い、翌朝、寝すごしてその時間がなく、次の日も、またその次の日も、機会をなくした。

それを発見したのは、会社で、いつも綴《と》じこみしている、新聞つづりである。わたしは課長にたのまれて、新聞のつづりを取りにいった。そして、そのあと片づけるとき、ふと視線が釘付《くぎづ》けになった。社会面の下の方に優の顔写真がある。彼の学生証に貼《は》ってあるの

と同じものだ。

優は白浜でサッちゃんと心中していた。

24

結局のところ、優の死んだ原因は、あとあとまでわからないずくである。

優の心中相手は「赤ふん」のサッちゃんだったが、わたしはあとでそれを知ったのだ。それは新聞にのっていない。新聞には「女友達」になっていた。

わたしがそれを聞いたのは、優の下宿で、彼の友達からである。

その友人は、いつか「赤ふん」で、優の肩をどやしていった学生だった。彼は優の数少ない友人の一人らしく、優の部屋の荷物を片づけていた。

わたしは新聞記事を見て、すぐ、その夕方、会社が退《ひ》けてから京都へいった。優の下宿で遺品を整理している、友人に会ったのだ。

遺体は向うでお骨《こつ》にして、お母さんがもう持って帰ったそうだ。目ぼしい遺品はそのときお母さんが整理してしまった。本は、古本屋へ売るなり、屑屋《くずや》へ払い下げるなりしてくれと、その友人がたのまれたそうである。

友人は、押入れの本を、よりわけて麻紐《あさひも》で縛っていた。

ひとりで、黙々とその仕事をしていた。わたしは彼に、優の心中の相手がサッちゃんだと知らされたわけである。

観光場所として、必ずバスが止り、新婚客が記念撮影する展望台の、「三段壁」の手前、観光客のいかない崖《がけ》の、木の繁《しげ》みに、サッちゃんの赤いビニールのハンドバッグが、ひっかかっていたそうだ。死体は海まで落ちないで、岩に砕かれてひっかかっていたんだって。二人、ばらばらに。

「サッちゃんとは、意外やったなあ」

と、友人はぽつりぽつりと話した。彼は優とちがって、日に焼けた、いかつい顔つきのがっしりした男だった。度のきつい眼鏡をかけていて、目玉が丸くふくらんでみえるほどだった。それはまるでわたしには涙でふくらんでるようにみえた。

「そんな仲やったのかしら?」

わたしはつぶやいた。

「そうは思われへんけどね……何となく、ふいに意気が投合したんとちがいますか。衝動的なもんやないか、思うねェ……」

「遺書は、なかったのかしら」

「どっちにも、なかったらしい。お母さんにも心あたりはない、いうてはったです。ただ、喘息《ぜんそく》がこのごろひどうなって、卒業しても就職できん、いうて医者にいわれた、とは北村から聞いてたけど……そのときも、そう苦にしたようには見えなんだけど」

友人の言葉には、いかつい顔に似合わず、やさしい京なまりがあった。

新聞にもそう書いてあった。「病弱を苦にした青年に」「女友達が同情」したらしい、と、一、二行で片づけてあった。

でも、いつか、優は、わたしの顔を見たら、泣きごとをいいたくなる、安心していえる気がする、といっていたではないか。

あれはうそだったのかしら。

それにしても、なぜ、ほんのひと言でも、「死ぬつもりだ」とうちあけてくれなかったのだろう。

わたしに最後の手紙を書いたとき、優は何を考えていたのだろう？　「さよなら」が、一枚の便箋の中に、ふたつもあった。

蘭、チューリップ、ヒヤシンス、桜草。春の花々に埋もれて、優は死を考えていたのだろうか。

それとも、友人のいうように、ふっと、衝動に駆られて、死の淵《ふち》へダイビングしたのだろうか。

あるいはサッちゃんが、急に狂ったように優を誘いこんで崖からもろともにつき落したのだろうか。

わからない。

すべては、なぞである。でも「いろいろすみませんでした……」という一行には、優が自分でえらびとった死の匂いもある。

「バカな奴《やつ》や……」

友人の低いひとりごとに、わたしはいっぺんに胸がせきあげて、怨《うら》みの涙でいっぱいになった。

悲しみよりも、怨みの涙である。わたしを捨ててさっさとひとりで先へあるきすぎた優への、尽きぬ、しぶとい、陰湿な怨みである。

わたしは、いつか、こうなることを恐れていたのではなかろうか。「マアちゃん、死んだらあかんよ」という手紙をわたしに書かせたのは、神さまがふしぎな予感を、与えて下さったのだろうか。

でもわたしは、真剣に考えなかった。せっかくの予感を、役立てることをしなかった。

電話に出なかった。優の最後の電話に、居るすをつかってしまった。

彼は、わたしに何を、いいのこしたかったのだろう。「いろいろすみませんでした」という言葉には、わたしを責めている口吻《こうふん》はない。むしろ、やっぱりわたしは彼と、所詮《しょせん》、なんの関係もない、ゆきずりの人間だと、あきらめている調子がある。

わたしは責められるよりも辛《つら》い気がした。あの居るすを使ったとき、わたしは、篠崎サンに失恋して、動転していたのである。優のことを考えていなかったのはたしかである。

優はそれを察して淋しがっていたのではないか。

わたしがいつも何か、うわのそらでいたのを知っていたのではないか。

「好きな本があれば、もらっときなさいよ」

ぽつんと、友人がいった。

「ほしい本は取ってくれ、いうて、お母さんがいいはったんです——」

「いいえ、いいの」

友人は、何かいいたそうだったが、わたしはだまって下宿を出た。わたしが必死に、涙を見せないように、と思って堪《こら》えているのが、彼にもわかったのか、話しかけなかった。

マンガの本や、単行本や、辞書や……優は押入れをあけて、崩れたそれらの本を、足でどけたっけ。それから、雨に濡れたシャツを着更《きか》えたっけ。

「さびしいね。おたがいに」

と優はいって、あのとき、はじめて、わたしにキスした。

わたしは、あんなときでも、誰かとてんびんにかけて優を、はかっていたのではないか。いちずに優だけに賭《か》けるというものではなかった。

あるときは、てんびんの端に、貝原宏がいた。

あるときは、篠崎サンがいた。

そして、みんな、手からこぼれる水のように流れていった。

「赤ふん」はあいかわらず、賑《にぎ》わっていて耳鳴りしそうなやかましさだった。酔った青年たちが隣りのテーブルに負けまいとそれぞれ大声を出すので、ハチの巣をつくような、ワーンというぅなりを発していた。

わたしは端っこの席に坐った。今にも、そこに優が来、白いネッヵチーフのサッちゃんがあらわれそうな気がする。

優はいま、「ちょっと失礼」といって、階段の奥のトイレへいっているような気がする。

人手がないせいか、おかみさんが注文を聞きにきた。おかみさんは、わたしの顔を見おぼえているようだったが、事務的に、なんにするか、ときいた。

わたしは何も欲しくないのだ。優のいない店で何を食べ、何を飲もうというのだ。

それでも勇気を出して、カキフライと、ビールの小瓶《こびん》をもらうことにした。

「サッちゃんは……大変だったのね」

わたしはそういった。おかみさんは忙しげに伝票にチェックを入れたまま、

「身よりのない子やから世話したのに、もう、かえってえらい目ェにあわされました」

と吐き出すようにいった。

「あの人と……北村さんとサッちゃんは仲よかったの?」

「いいえ、ふだんは仲は悪うおした。あの学生はんは、うちへ来はったら、いつもあの子を、きたないやの、爪《つめ》は摘んだか、やの文句つけはるし、あの子がまた、陰気な鈍《どん》くさい子ォどすよって、むっとした顔で、こう下からにらんでて、仲ええとは、みえなんだので、みんなびっくりしてるのんどす。そやけど、男と、おなごのことは、ハタ目にはわからへんことどっしゃろ」

といい、またあわただしく、帳場へ、下駄《げた》を鳴らして走っていった。

いくら、ただの雇い人だといっても、あんまり、おかみさんに愁傷めいたところがなく、さばさばと話すのが、却《かえ》って、あの「陰気で鈍くさい」サッちゃんを哀れに思わせた。木の繁みにかかっていた、というサッちゃんの安物らしい赤いビニールのバッグも哀れである。そんな子に誘われた優も哀れである。

わたしは京都御所へいってみた。四条河原町、三条木屋町……丸太通り……長い美しい塀は、すがすがとつづいて御苑のうちはまだ春は遠かった。

わたしは、もう、二度と京都へ来ることはない、と思って電車に乗った。駅のスピーカーが、「きょうとー、きょうとー」と向うのホームで叫びたてたとき、堪えていた涙が流れ、あわてて窓に向くと、わたしの顔が映っていた。顔の奥には、夜景の灯が流れていった。

篠崎サンには、その後、一度だけ、会ったことがある。

わたしが御堂筋をあるいていると、周防《すおう》町のビルから出てきた車の中に、篠崎サンはいた。地下の駐車場から出て来て、信号のかわるのを待っていた。

一人でうしろに坐っているので、わたしは思わず近付いて、車の窓ガラスを叩いた。

篠崎サンはこっちを見て、窓をあけた。

「どこまでいく？　乗りなさい、送ったげよう」

あいかわらず、やさしくて親切だった。わたしはその前に、須磨の方の邸に、おみやげのお礼の手紙は書いていたけど、

「この間はありがとう！」

と叫んだ。篠崎サンは何か、運転手にいい、ドアをあけてくれた。

「いいんです。すぐそこですから！」

「まァいい、早う乗らんと信号が変るよ」

それで、わたしは車に飛びこんだ。篠崎サンはにこにこしていた。

「元気そうやねえ、いつ見ても」

「そうよ、お好み焼きたべてはビール飲んでるもの、イタチの毛皮をほしがったり、飛行機に乗る人を賭けたりしてんのよ」

篠崎サンは笑った。久しぶりの笑い顔で、それはわたしの身に沁みた。どんなに彼が、わたしの好きな笑い顔を見せてくれても、それはついに、ゆきずりの人のそれなのだか

ら、よけいなつかしく、好もしいのである。

「そこ！　その角でとめて下さい！」

とわたしは叫び、篠崎サンは、

「また、遊びにおいで、夏までは須磨にいるから……」

といった。わたしは手を振った。彼の車と、彼の笑顔が去ったとき、わたしは優のこともふくめて、一つの青春が去ったことを感じた。

そのころ、わたしは度々、夜あけに目をさました。夜あけに半分目ざめて、うつらうつらしているときが、いちばんいけない。

いろんなことを考える。

（ああ、やりきれんなあ――）

なんて、ため息をついている。

夢を見ている。たいてい、チューリップやヒヤシンスや桜草のなかに埋もれて、死んでいるマアちゃんだ。でも夢の中では、眠っているか死んでいるか、よくわからない。恐ろしい気持はなくて、わたしはポケットの中に優のために買った煙草を持っている、はやく目をさましたらいいのに。煙草を買ってきてあげたのに――などと思っている。

そういう朝、わたしは起きて、鏡に見入るとき、年をとった気がしたものだった。それは老《ふ》けた、というのではなく、オトナになった、というものだった。娘の、フワフワした夢やろまんが、一枚ずつすべりおち、その代りに、手ごたえのしっかりした、オトナの女の肌があらわれてくるような気持で、わたしは鏡に見入るのである。

そういえば、わたしは新城あや子先生をテレビで見るときも、すこし感じがちがうように思われた。

先生は、やさしげにみえた。

これは、新城さんが変ったのではなく、わたしの心持が変化したのだ。

といって、新城さんが、やさしい女らしいことをしゃべっていたのではない。彼女は女性の政治意識について、男性の大学教授と話していた。

新城さんの唇は、めざましくひるがえり、言葉はよどみなく流れてくる。

動きのある、美しい表情。

眼のかがやき。

テレビうつりのいい美女だ。新城さんは、女性が、政治は男の仕事と思いこみがちな欠点をあげつらっていた。国会中継なんか見たがるのはたいがい男で、それも男は見るべき義務として見るのじゃなく、おもしろがって見ている、最もおもしろい社会のゲームとして見る。それは、「自分たちで作っている国家」という意識があるからだ、しかし女たちは「男が作っている国家」という気があって、我々女はこの社会の居《い》候《そうろう》みたいに感じ、それが、「政治は男のすなるもの」という気にならせるのではありませんか……などと、いっていた。

わたしはそれを聞きながら、あのバラ屋敷で、わたしに詰めよってイライラしていた新城さんを思い出したのだ。

すると、しゃべっている彼女と、あのときの彼女が、ぴったり、重なった。

新城さんて、オトナの女なのだ、やっぱり——。どっちの彼女も真実なのだ。

わたしは、彼女と同じ世界の住人になったから、それがよくわかる。

だから、新城さんに、共感がもてるようになったのだ。

そのテレビを見たのは、町の喫茶店だった。金谷美知子とよく来た店に、わたしは一人でいた。美知子も優も、みんなそれぞれ、手にもっていってしまったのに、わたしは手に何にもなく、からっぽのまま振り出しにもどり、頬杖《ほおづえ》をついてテレビを見ているのだった。


小林夏雄が農場を持ったと知らせてきた頃は、もうあくる年の夏に入ろうとしていた。

「はじめて咲きそろいました。蒼《あお》いバラはまだですが、ミニローズはさかりです。とてもいい土なのでたのしみです」

という手紙をもらった。ひまをみつけて、お遊びにおいで下さい、農家を買って手入れしたので、泊っていって下さいと、母もいってます、とつけ加えてあった。

わたしは、山陽本線から更《さら》にローカル線に乗り継ぎ、その山間の小駅から更にまた、長い間バスにゆられて、兵庫県の奥の夏雄の農場を訪ねた。

バス停留所からは、人っ子ひとりいない林と、畠がつづく。二キロほどあるくと、どこからともなく、甘い、いい匂いが流れてくる。わたしはすぐ、わかった。

この匂いは、あのバラ屋敷の、海の見えるお花畠にただよっていた匂いだ。目をつぶると、あのがっしりした洋館の窓にひるがえるレースのカーテンや、犬のマリーが、更には口笛を吹きながら犬を呼んでいる篠崎サンの姿もみえるのだ。

それとともに、それらの思い出は、優の、にがい思い出と貼《は》り合されていた。篠崎サンにひかれて、優の電話に居るすを使ったことは、いつまでもわたしの心を苦しめる記憶だった。

犬の啼《な》き声がする。

あのコリーの、「マリー・アントワネット」の底力のある重厚な声ではなく、

「キャウン！　キャウン！」

というような、可愛らしい仔犬《こいぬ》の啼き声だ。

目をあけると、深い緑の杉山、松林といったごく日本的な背景に、白い木柵《もくさく》にかこまれたバラ園があった。大きな楠《くす》の木の陰に、納屋と農家が見える。

仔犬が、わたしに近寄れないで、遠くから吠《ほ》えていた。わたしが手を出すと、犬はおど

ろいて飛び退《すさ》ったが、また寄ってきた。

真ッ青な空のもと、酔わせるような甘い芳香は、色とりどりのバラの群落のせいだった。

麦わら帽の青年が、両腕いっぱいにバラを抱え、木柵をかるがると越えて、わたしのそばに来る。

すっかり日焼けした夏雄である。

「犬が啼くから誰が来たのかな、と思ったら！　遠いところをよく来たね。電話くれれば迎えにいったのに！　バスから歩いたの？」

わたしは笑って近寄った。

「空気がいいから、ゆっくり歩いてたのしみながら来たの——」

「泊っていきなさいよ。バラ風呂をたててあげるよ——」

「いいの、いいの、そんなの、なくても！　もう、オトナよ、あたし」

「え？」

「ううん、こっちの話」

わたしは、白い歯を見せる夏雄と握手した。そうして、彼がわたしに見せようと、夢中になってしゃべるバラ園の中へ、ふたりではいっていった。

田辺聖子　たなべ・せいこ

一九二八年、大阪府生まれ。樟蔭女子専門学校国文科卒業。同専門学校在学中に終戦を迎える。文芸同人「文藝首都」「大阪文学」に所属。一九五八年初の単行本『花狩』刊行。放送作家として活躍。一九六四年『感傷旅行（センチメンタル・ジャーニィ）』で第五〇回芥川賞受賞。一九八七年『花衣ぬぐやまつわる……わが愛の杉田久女』で第二六回女流文学賞受賞。一九九三年『ひねくれ一茶』で第二七回吉川英治文学賞受賞。一九九四年第四二回菊池寛賞受賞。一九九八年『道頓堀の雨に別れて以来なり』で第二六回泉鏡花文学賞、第三回井原西鶴賞特別賞、一九九九年第五〇回読売文学賞評論・伝記賞受賞。一九九五年紫綬褒章受章、二〇〇〇年文化功労者、二〇〇八年文化勲章受章。恋愛小説、古典、評伝、川柳、エッセイなどの作品は、幅広い世代の多くの読者に愛されている。伊丹市名誉市民。

夜あけのさよなら

二〇一〇年九月十三日　初版第一刷発行

著者　田辺聖子

発行者　加登屋陽一

発行所　清流出版株式会社
〒一〇一-〇〇五一　東京都千代田区神田神保町三-七-一
電話　〇三-三二八八-五四〇五
振替　〇〇一三〇-〇-七七〇五〇〇
http://www.seiryupub.co.jp/

編集担当　髙橋与実

印刷・製本　図書印刷株式会社
乱丁・落丁本はお取り替えいたします。
ISBN978-4-86029-322-2

この作品は一九七四年に単行本化、一九七七年に文庫化されたものに修正を加えた。